Thomas Jeier

Flucht durch
die Wildnis

Ueberreuter

Die Deutsche Bibliothek – CIP-Einheitsaufnahme

Jeier, Thomas:
Flucht durch die Wildnis / Thomas Jeier. –
Wien : Ueberreuter, 1996
ISBN 3-8000-2463-2

J 2193/1
Umschlag von Klaus Steffens
Copyright © 1996 by Verlag Carl Ueberreuter, Wien
Printed in Austria
1 3 5 7 6 4 2

Zwei Männer im Kanu

Über den Bergen setzte der Motor aus. Die Cessna bockte wie ein störrisches Tier, wurde von einem Windstoß erfaßt und nach Westen geschleudert. Die aufgeklappte Landkarte, die vor dem Piloten auf den Armaturen lag, rutschte nach rechts und klatschte gegen das eiskalte Fenster. Die beiden Kinder schrien auf und hielten sich verzweifelt an ihren Sicherheitsgurten fest.

Don Edward, der grauhaarige Pilot, klopfte gegen die Tankanzeige. »Verdammt!« fluchte er. »Ich hab ihnen doch gesagt, daß sie das Ding reparieren sollen!«

»Was ist denn?« fragte Melanie nervös.

»Stürzen wir jetzt ab?« rief Philip.

Don schaltete den zweiten Tank ein und atmete erleichtert auf, als der Motor ansprang. Er zog die Cessna nach rechts und kehrte auf den ursprünglichen Kurs zurück. »Sorry«, entschuldigte er sich, »meine Leute haben vergessen, die Tankanzeige zu reparieren.«

»Haben wir noch genug Benzin?«

»Der zweite Tank ist randvoll«, beruhigte Don das Mädchen. »Das hab ich selber überprüft.« Er lächelte sie aufmunternd an. »Keine Bange, Melanie! In meinem Flieger sitzt du sicherer als im Taxi!«

Melanie entspannte sich zögernd. Sie war fünfzehn, beinahe schon sechzehn. Ihre dunkelblonden Haare hatte sie hochgesteckt und eine blaue Strickmütze drübergezogen. Ihr Anorak war rostbraun und reichte weit über die schwarzen Skihosen. Ihre dunklen Augen funkelten nervös.

»Alles okay?« fragte ihr Bruder von hinten. Er hatte sich nach vorn gelehnt. Seine Angst war noch nicht vorbei.

»Wir sind auf Kurs«, antwortete Don Edward. Auch er hatte einen Schrecken bekommen, als der Motor ausgefallen war, aber kaum eine Miene verzogen. Nur ein Buschpilot, der in einer kritischen Situation absolute Ruhe bewahrte, durfte mit sechzig Jahren noch für eine große Gesellschaft fliegen. Und Don war nie etwas anderes als Pilot gewesen. »Ich hab mein ganzes Leben in der Luft verbracht«, sagte er. »Über den Wolken fühle ich mich am wohlsten.« Er ließ sich von Melanie die Karte reichen und legte sie an ihren Platz zurück. »Hab ich euch schon von meiner Landung in Utopia erzählt?«

Die beiden blickten ihn fragend an. Sie kannten die meisten Geschichten des alten Buschpiloten, er erzählte sie ihnen bei jedem ihrer Besuche aufs neue, aber von Utopia Creek hatten sie nie etwas gehört. »Erzähl«, forderte Melanie ihn auf. Die Cessna lag jetzt ruhig in der Luft, und sie hatte keine Angst mehr.

»Utopia Creek liegt im Norden«, begann der Pilot, »ich flog damals eine Cessna 180 und transportierte Klamotten für die Air Force. Sie hatten eine ziemlich kurze Landebahn da oben, eigentlich war es mehr ein Pfad, den die Jungs mit ihren Stiefeln in den Schnee gestampft hatten. Nun ja, es gab 'ne Menge Schwarzbären in der Gegend, eigentlich ungefährlich, die Biester, aber wenn ich Pech hatte, stapften sie auf der Piste rum, und ich konnte sehen, wo ich mein Baby runterbrachte.« Er rückte seine Sonnenbrille zurecht. »Ist runde zwanzig Jahre her, daß es passierte, vielleicht länger.«

»Hast du einen Bären gerammt?« fragte Philip neugierig. Jetzt hatte auch er sich von seinem Schrecken erholt und fühlte sich wieder sicher. Der Motor der Cessna brummte regelmäßig.

Don lachte. »Einen? Das war 'ne ganze Sippe! Zwanzig,

dreißig Viecher turnten auf der Piste rum, als ich die Maschine auf hundert Fuß runterdrückte. Die bewegten sich keinen Meter, obwohl die Soldaten mit großen Prügeln auf sie losgingen. Na, was sollte ich machen? Ich hatte kaum noch Sprit und mußte landen. Ich setzte auf, hüpfte über den ersten und den zweiten Bären und rutschte haarscharf an einer Mutter mit zwei Jungen vorbei. Dann tauchte dieser riesige Bursche vor mir auf. Ich wollte ihm ausweichen, aber da war kein Platz mehr, und ich schlitterte voll auf ihn zu.«

»Bist du wirklich mit ihm zusammengestoßen?« fragte Melanie entsetzt.

»Beinahe«, antwortete Don. »Eine Handbreit weiter nach rechts, und der Bursche hätte 'ne ganz schöne Beule abbekommen. Von mir ganz zu schweigen. Aber er schaffte es irgendwie, unter die rechte Tragfläche abzutauchen, und ich blieb drei Meter weiter im Schnee stecken. War 'ne verdammt knappe Angelegenheit, Leute!«

Der Pilot lachte schallend, als er das Mädchen anblickte und ihre fassungslose Miene sah. »Du glaubst mir nicht, was? Ich will dir was sagen, Melanie, hier oben passieren Dinge, die würde ich nicht mal meiner Mutter erzählen, so unwahrscheinlich sind die!«

Don veränderte das Gemisch und zog die Maschine über einen schneebedeckten Gipfel. Die Kinder blickten staunend nach unten. Der Berg war so nahe, daß ihn die Schwimmer der Cessna beinahe berührten. Schnee wirbelte auf und blieb wie eine Staubwolke über den Felsen hängen, als die Cessna darüber hinwegbrauste.

Sie waren seit einer Stunde unterwegs. Um kurz vor elf waren sie zehn Kilometer außerhalb von Fairbanks gestartet, auf dem klaren See, an dem Don seit vielen Jahren wohnte. Er lebte allein. Seine Frau war vor zehn Jahren umgekommen, ausgerechnet in der Karibik, wo sie zum ersten Mal Urlaub gemacht hatten, und seine beiden Kinder waren schon lange aus dem Haus. Der Sohn arbeitete in einem Hotel in Anchorage, seine Tochter hatte einen Anwalt geheiratet und war mit ihm nach Palm Springs in Kalifornien gezogen.

Über den Tod seiner Frau sprach Don Edward nur mit seinen besten Freunden. Michael Kern, der Vater der Kinder, gehörte dazu. Er war Manager bei einem Ölkonzern und hatte alle paar Wochen in Alaska zu tun, besonders jetzt, nachdem wieder ein Tanker im Prince William Sound verunglückt war. Die Katastrophe war lange nicht so schlimm wie 1989, als die »Exxon Valdez« gegen einen Felsen gelaufen war und viele tausend Tiere gestorben waren, aber der Konzern hatte natürlich alle Hände voll zu tun. Das ausgelaufene Öl mußte abgesaugt, die Öffentlichkeit beruhigt werden. Michael Kern war Werbemann und mußte ständig neue Kampagnen mit den großen Bossen in Anchorage absprechen.

Seine Frau war bei einem schweren Verkehrsunfall ums Leben gekommen, vor sieben Jahren in Hamburg. Seitdem war er mit seinen Kindern allein. Seine Mutter erledigte den Haushalt und schlief im Gästezimmer, wenn er geschäftlich unterwegs war, blieb aber in ihrem Apartment in der Innenstadt wohnen. Wenn er nach Haus kam, kümmerte er sich selber um die Kinder. Er kochte besser als die meisten Mütter, sogar schwierige Gerichte.

Melanie und Philip dachten oft an ihre Mutter. Zwei Jahre lang waren sie bei einem Psychotherapeuten in Behandlung gewesen, und beide hatten ein Schuljahr wiederholen müssen. Wenn sie nachts in ihren Betten lagen, fragten sie den lieben Gott, warum er den Unfall zugelassen hatte, aber sie bekamen keine Antwort. »Eurer Mutter geht es gut«, tröstete ihr Vater sie, »ich wette, sie sitzt im Himmelscafé und schlürft einen Espresso nach dem anderen.« Sie hatte gern Espresso getrunken. »Sie will bestimmt nicht, daß ihr weint, da bin ich ganz sicher. Ihr sollt nach vorn schauen und was aus eurem Leben machen, das will sie! Wollen wir wetten?«

»Aber du weinst doch auch manchmal«, erwiderte Philip. Er war damals erst sechs gewesen. »Neulich im Wohnzimmer, als wir das Video angeschaut haben, da hast du richtig geweint!«

»Weil Mama in dem Video vorkam«, sagte Michael Kern traurig. »Ich vermisse sie genauso wie ihr. Aber wir schaffen es auch ohne sie, das habe ich ihr auf dem Friedhof versprochen!«

Die Cessna schaukelte durch eine Wolke und zitterte leicht. Der Motor klang jetzt lauter, zumindest bildete Melanie sich das ein. Die Tragflächen schwankten unruhig. Wie Nebelfetzen flog die Wolke an ihnen vorbei, dann empfing sie blauer Himmel, und die Maschine lag wieder ruhig in der Luft. Unter ihnen glitten felsige Berghänge hinweg, dazwischen waren tiefe Schluchten und weite Täler zu erkennen. Ein Wasserfall stürzte rauschend in die Tiefe.

»Schaut mal, da laufen Bergziegen!« rief Philip aufgeregt. Er deutete auf die weißen Tiere, die leichtfüßig über einen steilen Berghang kletterten. »Die haben überhaupt keine Angst!«

»Die haben nie was anderes gelernt«, erwiderte Don.

»Irre«, meinte Philip. Er war dreizehn und sah seiner Schwester kaum ähnlich. »Ganz der Vater«, sagten die Verwandten immer, wenn sie zu Besuch kamen. »Der gleiche schelmische Blick, als hätte er gerade was angestellt, die gleiche Nase, wie bei einem Indianer.« Philip trug eine Brille, eine runde mit blauen Rändern, und seine dunklen Stoppelhaare waren unter einer grauen Skimütze mit langen Zacken verborgen. »Mann, du siehst wie die Freiheitsstatue aus!« hatte Melanie gelästert, als er mit der Mütze nach Hause gekommen war. Er hatte nur abgewunken. Sein dicker Anorak war knallrot, auf der Brust leuchtete das Logo eines Basketballclubs. Den Anorak hatte sein Vater in Anchorage gekauft.

»Ist das schon die Arktis?« fragte Melanie. Sie deutete auf die schneebedeckten Berge unter ihnen. Die Sonne stand direkt über dem Flugzeug, und die Aussicht war toller als über den Alpen. »Papa hat gesagt, daß du mit uns in die Arktis fliegst ...«

»Nach Anaktuvuk Pass«, verbesserte Don. »Das ist das Tor zur Arktis. So heißt auch der Nationalpark, den sie dort vor ein paar Jahren eröffnet hatten. Seht ihr die beiden Berggipfel?« Er deutete auf zwei schroffe Felsen, die weit vor ihnen wie riesige Türme aus dem Land ragten. »Dort fängt die Arktis an.« Er steuerte die Cessna über ein Schneefeld und lachte rauh. »Der Gates of the Arctic National Park gehört zu den größten Nationalparks der USA, dabei gibt es kaum Menschen dort. Nur unberührte Wildnis. Ihr würdet keine zwei Tage überleben, wenn ich euch am Flußufer absetzen würde.«

»Und wo leben die Eskimos?« fragte Melanie.

»In Anaktuvuk Pass stehen ein paar Häuser«, antwortete Don, »sogar eine Landepiste gibt es dort. Aber das ist der einzige Ort im Umkreis von hundert Meilen. In einer Stunde sind wir dort, dann zeige ich euch, wie man einen Hundeschlitten fährt.«

»Ehrlich?« fragte Philip begeistert. »Ich hab gar nicht gewußt, daß es die noch gibt. Läßt du mich auch mal fahren?«

»Wenn Davy einverstanden ist«, meinte Don. »Das ist der Pfarrer, der einzige Mann, der dort noch einen Hundeschlitten besitzt. Die Eskimos fahren Snowmobiles. Kannst du mit Hunden umgehen?«

»Philip hat's nicht so mit Tieren«, sagte Melanie ein bißchen von oben herab. »Der zuckt schon zusammen, wenn ihm eine Katze auf die Schultern springt. Du hättest ihn neulich sehen sollen ...«

»Bei Tante Agnes?« wehrte sich Philip empört. »Die hat doch keine Katzen! Das sind wilde Tiere, die sie abgerichtet hat, damit sie ihre Gäste vergraulen! Irgendwann bring ich die Viecher um!«

»Siehst du?« sagte Melanie zu dem Piloten. »Wenn Philip einen Husky sieht, rennt er bis zum Nordpol.« Sie lächelte nachsichtig. »Bei mir ist das was anderes. Ich hab schon mal im Zoo gearbeitet.«

»Im Zoo? Ehrlich?«

»Bei den Elefanten«, berichtete das Mädchen stolz. »Die ganzen Sommerferien hab ich dem Wärter geholfen. Wenn ich groß bin, will ich mal Zoodirektorin werden. Oder Tierforscherin.«

»In Afrika? In der Serengeti?«

»Vielleicht«, antwortete Melanie, »oder in Kanada oder Alaska. Hier gibt's auch viele Tiere. Grizzlys, Elche, Karibus ...«

»... und Wölfe«, ergänzte Don ernst. »Im Park haben sie großen Kummer mit den Biestern.« Er deutete in die Täler hinab, die geheimnisvoll zwischen den Felsen lagen. »Vor ein paar Wochen haben sie eine Karibuherde angegriffen. Das tun sie nur ganz selten, sie lauern sonst nur kranken Tieren auf, die hinter der Herde zurückbleiben. Sie müssen großen Hunger gehabt haben.« Er schüttelte den Kopf. »Wahrscheinlich gibt es zu viele ...«

Don rückte seine rote Baseballkappe zurecht und zog den wollenen Schal über die Ohren. Es war kalt geworden. Die Heizung brummte auf vollen Touren, aber das linke Fenster klemmte, und ein eisiger Luftzug pfiff in die Maschine. Auch Melanie und Philip fröstelten.

Mit Wehmut dachten sie an den vergangenen Abend zurück, als sie mit Don und ihrem Vater am offenen Kamin gesessen hatten. Die Männer hatten heißen Grog getrunken, und für sie hatte es heiße Schokolade gegeben. Don kochte die beste heiße Schokolade zwischen Anchorage und der Eismeerküste. Zum Abendessen hatten sie Karibusteaks gegessen. Sie hatten aus dem Fenster gesehen und den goldenen Himmel bewundert, der erst am späten Abend dunkel geworden war, und dann hatten sie sich auf den Teppich gesetzt und den abenteuerlichen Geschichten des Piloten gelauscht.

Don wohnte zwischen Fairbanks und North Pole, ein paar hundert Meter von der Straße entfernt, in einem romantischen Blockhaus am Waldrand. Wenn man aus dem Fenster blickte, sah man nur Wildnis. Der kurze Sommer neigte sich seinem Ende entgegen, und die Blätter verfärbten sich bereits. Neben dem baufälligen Schuppen am Seeufer lagen die verrosteten Überreste eines Pickup-Trucks, den Philip gleich nach ihrer Ankunft neugierig untersuchte. »He, das ist ein Chevy«, rief er, aber Melanie zuckte nur mit den Schultern. Sie interessierte sich für die rote Cessna, die am Bootssteg vertäut lag und verführerisch funkelte.

»Schau, die sieht richtig gut aus«, sagte sie zu ihrem Bruder. »Hast du schon mal ein so schönes Flugzeug gesehen? Hoffentlich spielt das Wetter mit. Don hat gesagt, wir fliegen in den hohen Norden.«

»Da sind wir doch schon.«

»Noch weiter, bis zum Polarkreis. In die Wildnis, wo es Bären und Elche gibt. Er hat gesagt, wir landen irgendwo auf einem einsamen See und hören dem Loon zu.«

»Loon? Was für 'n Loon?«

»Das ist ein Vogel, Mann! Ein kleiner Vogel, der so schön singt, daß manche Leute sich schon verirrt haben, weil sie seiner Stimme gefolgt sind und nicht mehr auf den Weg geachtet haben.«

»Ich will mich aber nicht verirren!«

Melanie verdrehte die Augen. »Wir bleiben doch beim Flugzeug! Außerdem ist Don bei uns. Der kennt sich besser in der Wildnis aus als die meisten Bären, das hast du doch gehört!«

Sie gingen ein paar Schritte am Ufer entlang und sahen einem großen Vogel zu, der mit ausgebreiteten Schwingen über dem Wasser schwebte, dann plötzlich nach unten schoß und mit einem zappelnden Fisch wieder nach oben stieg. Er verschwand zwischen den Bäumen, die bis dicht ans Seeufer heranreichten.

»Schade, daß Paps nicht mitkommt!« sagte Philip. Er hing sehr an seinem Vater, noch mehr, seit ihre Mutter verunglückt war, und hatte immer Angst, daß ihm auch etwas zustoßen könnte. Als er mal, ohne vorher anzurufen, zu spät aus dem Büro gekommen war, hatte er den ganzen Abend geweint. »Paps ist was passiert!« hatte er gerufen. »Das weiß ich!« Und als Vater endlich nach Hause gekommen war, hatte er sich an ihn geklammert und wollte ihn nicht mehr loslassen.

Melanie winkte ab. »Paps hat zu tun, das weißt du doch. Um den brauchst du dir keine Sorgen zu machen. Der sitzt den ganzen Tag in diesem gläsernen Büro und hört sich schlaue Reden an. Hast doch gehört, was er gesagt hat. Die Amis quatschen den ganzen Tag und spielen an ihren

Computern rum. Bis wir nach Hause kommen, sitzt der längst am Kamin und trinkt seinen Grog.«

Don Edward hatte darauf bestanden, daß sie bei ihm wohnten. Mike, so nannte er den Vater der Kinder, durfte sogar seinen neuen Pickup benutzen. »Genau der richtige Wagen, um es diesen Besserwissern in der Stadt zu zeigen!« lästerte er. »Die sollen lieber was tun, anstatt im Büro zu sitzen und schlaue Reden zu führen.«

»Ich tu doch auch nichts anderes«, sagte Michael Kern.

»Du kommst von weither«, erwiderte Don, »dir bleibt gar nichts anderes übrig, als mit den Typen zu palavern. Aber du magst die Natur. Du warst tagelang mit mir draußen und hast die Bären beobachtet. Du bist ein Trapper, ein deutscher Trapper.«

So etwas Ähnliches sagten sie in Hamburg auch immer, wenn er seinen Büroanzug mit den Jeans und dem Anorak vertauschte und die Kinder im Geländewagen abholte. Jedes zweite oder dritte Wochenende fuhren sie ans Meer oder nach Schleswig-Holstein, um dort zu angeln oder einfach nur den Wellen zuzusehen.

»He, da sind Leute auf dem See!« sagte Philip. Zwei Männer paddelten in einem grünen Kanu über den See, waren in dem abendlichen Dunst aber nur undeutlich zu erkennen. Einer hatte einen Bart, soviel war klar, und der andere trug eine altmodische Strickmütze mit einem weißen Bommel. Beide hielten Angeln in den Händen.

»Angler«, erwiderte Melanie, »hier soll es große Forellen geben.«

»Aber die benehmen sich verdächtig«, ließ Philip nicht locker, »siehst du nicht? Die schauen dauernd zu uns herüber ...«

»Na, und? Wir schauen doch auch hin.«

»Die haben was vor, da gehe ich jede Wette ein!«

14

»Quatsch!« meinte Melanie abfällig. »Das sind harmlose Angler, die sich ein Abendessen fangen wollen. Oder hast du schon wieder Schiß? Komm, wir fragen Don, der kennt die beiden bestimmt.«

Don blickte aus dem Fenster und schüttelte den Kopf. »Kenn ich nicht, die beiden. Aber leider gehört mir der See nicht. Hier angelt fast immer einer, besonders am Sonntag. Manchmal klopfen sie sogar, weil sie meinen, ich hätte Zimmer zu vermieten.«

Aber Philip gab keine Ruhe und kroch sogar nachts aus seinem Bett, um einen Blick aus dem Wohnzimmerfenster zu werfen. Er tappte auf nackten Füßen hinüber und schaute lange auf den See hinaus. Außer einem Nachtvogel war nichts zu sehen.

»Ich wette, die sind noch draußen!« sagte er, als seine Schwester von der Toilette kam und gähnend im Wohnzimmer erschien.

»Quatsch!« lästerte sie wieder. »Hau dich lieber aufs Ohr, sonst klappst du morgen noch zusammen!« Sie verschwand in ihrem Zimmer und ließ Philip allein in der Dunkelheit stehen.

Wir haben ein Problem

Don Edward lenkte die Cessna 172 über ein weites Tal, das bis zu den schneebedeckten Bergen reichte. Die Gegend war menschenleer, nicht mal die einsame Hütte eines Rangers war zu sehen. Geheimnisvolle Schatten lagen über den Wäldern, und in den klaren Seen spiegelten sich die grauen Wolken. Obwohl es noch keinen Schnee und kein Eis gab, roch die Luft nach Winter.

Der Pilot hatte ein paarmal gegen das klemmende Fenster geschlagen, aber es ließ sich nicht verschieben. Es wurde immer kälter in der Maschine. Der eisige Wind wirbelte durch die Kabine und drang ihnen allen durch die Kleidung. Philip hatte seinen Schal unter dem Anorak hervorgeholt und vor den Mund gebunden. Melanie rieb ihre Hände und hielt sie gegen die Heizung.

»Sorry«, bedauerte Don, »das Fenster klemmt schon seit ein paar Wochen, und ich vergeß immer wieder, es zu reparieren.« Er lächelte. »Aber wir sind bald da, dann könnt ihr euch aufwärmen. Wie ich Davy kenne, hat er eine Kanne mit Pfefferminztee auf dem Ofen stehen. Ich glaube, den trinken sogar die Hunde.«

»Hauptsache, das Zeug ist warm«, hoffte Melanie.

Sie blickte aus dem Fenster und genoß die atemberaubende Wildnis. Auch sie mochte einsame Landschaften und unberührte Natur, das hatte sie wohl von ihrer Mutter geerbt, die immer von Skandinavien und einem abenteuerlichen Trip zum Nordkap geschwärmt hatte. Dazu war es nicht gekommen. »Papa hat einen anstrengenden Job«, hatte sie gesagt, »darauf müssen wir Rücksicht nehmen. Die Fahrt zum Nordkap dauert viel zu lange.« Also wurde eine Kreuzfahrt durch die norwegischen Fjorde daraus.

Eine Woche auf einem vornehmen Schiff, gutes Essen, ein Schwimmbad und eine Sauna, auch das war nicht zu verachten.

»Aber nächstes Jahr, da leisten wir uns einen langen Urlaub«, hatte ihr Vater versprochen. »Ich sag dem Boß einfach, daß er die blöden Meetings am Nordkap abhalten soll. Ich klinke mich sechs Wochen aus, und wir fahren in einem alten VW-Bus nach Norden. Ich kann ja mein Handy mitnehmen, wenn er will ...«

Seine Frau hatte scherzhaft die Hand erhoben. »Untersteh dich! Eher werf ich das Ding ins Eismeer! Sonst kehrst du noch auf halbem Weg um, und wir müssen allein zu den Lappen fahren!«

Das war ein Jahr vor ihrem Tod gewesen. Ihr Vater war oft traurig, weil er ihren großen Wunsch nicht erfüllt und sie immer vertröstet hatte. Vielleicht nahm er seine Kinder deshalb so oft auf Reisen mit. »So können wir das Angenehme mit dem Nützlichen verbinden, und ihr lernt die Welt kennen«, sagte er immer.

Ein leichtes Zittern ging durch die Cessna. Eine Windböe trieb die Maschine nach Westen, und Don mußte etwas tiefer gehen, um besser dagegensteuern zu können. Das Brummen des Motors veränderte sich, als sie zerklüftete Felsen überflogen und das Ufer eines dunklen Sees erreichten. Das Wasser sah eisig aus. Das Spiegelbild des kleinen Flugzeuges zerfloß wie rote Farbe auf dem Wasser und vermischte sich mit den dunklen Schatten der Wolken. Die Sonne leuchtete schwach am Himmel und war nur als weißer Fleck zu sehen.

»Seht ihr die Berge da drüben?« fragte Don. »Da hab ich vor einigen Tagen eine Grizzly-Mutter mit ihren Jungen gesehen. So einem Monstrum von Bär bin ich schon seit Jahren nicht mehr begegnet.« Er blickte die Kinder aufmunternd an. »Wenn ihr Lust habt, fliegen wir mal rüber, und ich zeige euch die Bärenfamilie.«

»Aber nur, wenn du nicht landest!« wollte Philip auf Nummer Sicher gehen. »Ich hab keine Lust, von einer wütenden Bärin zerrissen zu werden. Neulich hab ich im Radio gehört, daß ein Bär aus einem Zirkus ausgebrochen ist und eine Frau gefressen hat!«

»Das war doch was anderes!« beruhigte Melanie ihren Bruder. »Zirkusbären sind aggressiv, weil sie in Gefangenschaft leben. Die Grizzlys, die da unten leben, gehen den Menschen aus dem Weg. Die haben sogar Angst vor ihnen. Stimmt's, Don?«

»So ungefähr«, bestätigte der Pilot. »Deshalb häng ich mir immer ein Glöckchen um, wenn ich in so 'ner einsamen Gegend wie da unten aussteige.« Er schlug auf seine Brusttasche, und es klingelte leise. »Das zeigt den Burschen, wo ich bin.« Er lachte. »Aber wehe, du tauchst unangemeldet im Revier eines Grizzlys auf! Dann hast du nichts mehr zu lachen, besonders wenn er mit Jungen unterwegs ist. So wie die Dame, die wir gleich sehen werden.«

»Meinst du, sie ist noch da?« fragte Melanie.

»Klar«, antwortete Don, »die lebt doch wie im Schlaraffenland da unten. Der Fluß wimmelt von Lachsen, und in den Tälern gibt es frische Beeren. Für so ein Essen zahlst du in Anchorage zwanzig Dollar, wenn du Glück hast. Was ist? Wollen wir?«

»Natürlich«, stimmte Melanie sofort zu. Sie blickte auf ihre bunte Armbanduhr, die sie im Duty Free Shop gekauft hatte. »Wir haben doch genug Zeit, oder? Es ist gerade erst zwölf vorbei ...«

»Und das Mittagessen hab ich dabei«, meinte Don begeistert. Er schlug mit der freien Hand gegen die Lei-

18

nentasche, die unter seinem Sitz stand. »Sandwiches und heißer Tee.«

Er lenkte die Cessna in eine scharfe Linkskurve und nahm Kurs auf die scharfkantigen Felsen, die im Westen aus dem Boden wuchsen. Er freute sich darauf, den Kindern die wilden Schluchten zeigen zu können, die er schon vor einigen Tagen überflogen hatte. Er war für die Regierung unterwegs gewesen, die das unbewohnte Land im Norden neu vermaß und wissen wollte, was die Kälte des letzten Winters der Brooks Range angetan hatte. Es war eisig kalt gewesen, kälter als sonst, und die heftigen Blizzards hatten das Land so stark verändert, daß selbst erfahrene Trapper lange brauchten, um sich in der neuen Umgebung zurechtzufinden, vor allem in der gewaltigen Gletscherregion.

Die Kinder klebten an den Fenstern. Der Yukon River lag schon weit hinter ihnen, und sie befanden sich immer noch über dem gewaltigen Gebirge, das die baumlose Tundra des hohen Nordens vom zentralen Alaska trennte. Ein wildes und ungezähmtes Land mit gewaltigen Berggipfeln, tiefen Schluchten und kalten Seen. Die bunten Blumen des Hochsommers waren bereits verwelkt, und das Land duckte sich bereits unter dem kalten Wind, der einen weiteren strengen Winter ankündigte. In der Ferne leuchteten die schneebedeckten Gipfel, die das Tor zur Arktis bildeten. Die weite und baumlose Tundra erstreckte sich bis zum fernen Horizont.

Philip blickte mit gemischten Gefühlen nach draußen. Das weite Land beeindruckte ihn, aber es erschreckte ihn auch, und er mußte ständig an hungrige Wölfe und wilde Grizzlys denken. Was war, wenn sie abstürzten? Es wußte doch niemand, wo sie waren, oder hatte Don irgendeiner Station über Funk mitgeteilt, daß sie vom geplanten Kurs abgebogen waren? Wenn es nach Philip gegangen wäre, hätten sie auf den Anblick der Grizzly-Dame verzichtet. Aber das wollte er vor seiner Schwester nicht zugeben, die behandelte ihn sowieso ständig wie einen kleinen Jungen.

»Starke Gegend«, meinte er betont lässig. Er hatte seine Stirn gegen das Fenster gelehnt und spürte das Zittern der Maschine, die jetzt wesentlich tiefer flog. Seine Haut klebte an der kalten Scheibe. »Hast du den Leuten gesagt, wo wir hinfliegen?«

»Den Leuten in Anaktuvuk?« Don winkte ab. »Die wissen doch, daß ich gern mal 'nen Schlenker mache. Sind nur ein paar Meilen, dann gehen wir auf unseren ursprünglichen Kurs. Du hast wohl Angst, daß ich wieder einen Bären über den Haufen fahre?«

»Ich meine nur«, wich Philip aus, »wegen der vielen Felsen und dem Wald, der hört ja gar nicht mehr auf. Hast du keine Angst, daß du dich verfliegst? Die Berge sehen doch alle gleich aus.«

Don Edward lachte. »Nicht für mich«, erklärte er, »und nicht für die Karte.« Er schlug auf die Landkarte, die wieder nach links gerutscht war. »Außerdem kenne ich die Gegend wie meine Westentasche. Siehst du den Felsen da unten? Das komische Ding, das wie ein Indianerkopf aussieht? Das ist der Indian's Head, da hab ich mal einen Trapper aufgelesen. War in einen Blizzard gekommen, der arme Kerl, und hatte seine ganzen Vorräte verloren. Der wäre ohne mich glatt verhungert. Ich kam zufällig vorbei.« Er schob seine Sonnenbrille nach hinten. »Jeder Felsen, jeder Baum hat hier eine Geschichte.«

»Dann kannst du dich ja nicht verirren«, meinte Philip. Er wollte sich auch selbst Mut machen und lächelte zuversichtlich. Nach einer Weile fragte er: »Und was ist, wenn wir notlanden müssen?«

»Wär' 'ne verdammt unangenehme Sache«, antwortete Don, »weil dann wahrscheinlich die Heizung ausfällt. Aber runter krieg ich das Baby immer, das garantiere ich dir. Ich flieg mein ganzes Leben in den Bergen rum und war noch nie in Lebensgefahr.«

Melanie lachte. »Außer bei den Bären in Utopia Creek.«

»Das stimmt«, erwiderte Don kichernd, »der Teddy hätte mir wahrscheinlich eine gelangt, wenn ich ihn gerammt hätte.«

»Und wie würden sie uns finden?« fragte Philip. Er hatte die Stirn wieder am Fenster und blickte auf die schroffen Berge hinab. Er hatte Angst vor den kahlen Gipfeln, ein bißchen jedenfalls, und er stellte sich dauernd vor, was passieren würde, wenn sie in dieser Einsamkeit notlanden müßten. »Da ist doch keiner.«

Don erkannte, daß der Junge sich fürchtete. Das verwunderte ihn nicht. Sogar erwachsene Männer, die sich beim Einsteigen noch als tapfere Bärenjäger aufgespielt hatten, bekamen es beim Anblick der gewaltigen Brooks Range mit der Angst zu tun. Die Berge, die Gletscher und die Schluchten konnten furchteinflößend sein, wenn man aus dem Flachland kam und noch nie allein mit der Natur gewesen war. So wie es ihm ergehen würde, wenn er die Einsamkeit verließ und nach New York City ging.

»Siehst du das Funkgerät?« rief Don nach hinten. Und als der Junge nickte: »Wenn wir notlanden müßten, würde ich die Notfrequenz einstellen, die würde die Retter sogar zu uns führen, wenn wir bewußtlos in unseren Gurten hingen.«

»Ehrlich?«

»Ehrlich«, bestätigte der Pilot. »Früher war das noch anders, da warst du ziemlich aufgeschmissen, wenn du dich in den Bergen verirrt hast. Ich hab von Buschpiloten gelesen, die wochenlang in der Wildnis herumgeirrt sind, bevor sie von einem Trapper oder einem Indianer gefunden wurden. Aber heute ist das anders. Wir haben die moderne Technik, auch in diesem kleinen Baby.«

»Wochenlang?« wunderte sich der Junge. Er stellte sich einen Piloten vor, der seine Maschine verloren hatte und ganz allein in der Wildnis leben mußte. Die Chancen standen eins zu hundert, daß man in diesem Gebirge entdeckt wurde, nicht besser als bei einem Schiffbrüchigen, der mitten im Atlantik auf einem Floß dahintrieb. »Kann man denn so lange in der Wildnis überleben?«

»Wenn man sich einigermaßen auskennt«, antwortete Don Edward, »aber ein Zuckerschlecken ist das nicht. Die meisten Piloten, die gerettet wurden, hatten ihre Notausrüstung und ausreichend Verpflegung dabei. Wenn du ein Feuer anzünden und in einen warmen Schlafsack kriechen kannst, hast du schon halb gewonnen. Liegt alles hinter dir!« Er deutete mit dem Daumen nach hinten. »Muß jeder Pilot bei sich haben, wenn er in einer gottverlassenen Gegend wie dieser unterwegs ist.«

»Und wenn nicht?«

»Dann wird es brenzlig«, fuhr Don fort. Er dachte an einen Kollegen, der vor zwanzig Jahren in der Brooks Range geblieben war, und schwieg nachdenklich. Die Cessna des Mannes war explodiert, und er hatte sich meilenweit durch die Kälte geschleppt, bevor er an Unterkühlung gestorben war. »Aber das kann auch harmlosen Touristen passieren«, spann er den Gedanken fort, »mit Unterkühlung ist nicht zu spaßen. Wenn du hier oben in einen Wildbach stürzt und dir deine Klamotten nicht sofort vom Körper reißt, kannst du sterben. Trockene Kleider sind in der Wildnis am wichtigsten, aber das wissen nur wenige Leute.«

Der Motor spuckte, und die Cessna fiel nach unten. Einen Sekundenbruchteil später brummte es wie gewohnt, und Don trieb die Maschine auf die ursprüngliche Höhe zurück. »Sorry«, sagte er laut. Er zog am Gemischhebel. »Ist alles okay, keine Angst!«

Philip hatte sich mit beiden Händen an den Vordersitz geklammert. »Was war das? Ist der zweite Tank auch leer?«

»Nein, nein, keine Bange!«

Auch Melanie war unruhig geworden. Sie merkte fast immer, wenn Menschen sich verstellten, das wußte sie von der Schule, wo sie häufig von den Jungen beschwindelt wurde, weil sie sehr hübsch war und viele Jungen mit ihr gehen wollten. Sie bildete sich wenig darauf ein. »Gutes Aussehen allein reicht nicht«, sagte ihr Vater immer. »Schau die Models an, die sind nach ein paar Jahren wieder vergessen, und kein Hahn kräht nach ihnen.«

»Und haben unendlich viel Kohle«, antwortete sie.

»Was nützt dir das?« erwiderte ihr Vater. »Mit der Kohle allein kannst du die Welt nicht aus den Angeln heben. Du mußt was darstellen, du mußt was gelernt haben, dann kann dir keiner an.«

Melanie schaute den Piloten von der Seite an. Er war genauso nervös wie die Jungen, die ihr falsche Komplimente machten, weil sie mit ihr in einer dunklen Ecke knutschen und später vor ihren Freunden damit angeben wollten. Nur war Don Edward aus einem ganz anderen Grund nervös. Irgend etwas stimmte nicht.

»Alles okay?« fragte sie.

»Alles okay«, bestätigte er noch einmal.

Der Motor spuckte wieder. Die Cessna geriet in eine Windböe, schlingerte vom Kurs und fiel meterweit nach unten. Die Landkarte rutschte vom Armaturenbrett.

»Verdammt!« fluchte Don.

»Hilfe!« rief Philip in panischer Angst. Er klammerte sich wie ein Ertrinkender an die Sitzlehne und war starr vor Schreck. Er wagte nicht zu atmen, und seine Lippen bildeten einen schmalen Strich.

»Was ist denn los?« rief Melanie.

»Ich weiß auch nicht«, antwortete Don. Er klopfte gegen die Tankanzeige und überprüfte den Brandhahn, der die Spritzufuhr regelte. »Vielleicht sind die Tragflächen vereist.« Er blickte die Kinder aufmunternd an und zwang sich zu einem Lächeln. »Habt keine Angst«, versuchte er sie zu beruhigen. »Ist bestimmt nichts Ernstes. Das kriegen wir schon wieder hin.«

Er zog am Vergaservorwärmer und leitete warme Luft in den Motor, aber auch das nützte nichts. Der Motor setzte erneut aus, und die Cessna schlingerte hilflos in dem böigen Wind. Die Kinder hielten sich verzweifelt fest und blickten hilfesuchend zu dem Mann am Ruder, der sich nicht aus der Ruhe bringen ließ und die Situation immer noch im Griff zu haben schien. Er legte die Maschine in den Wind und kontrollierte erneut die Anzeigen.

»Stürzen wir ab, Don?« fragte Melanie. Auch sie hatte sich etwas von ihrem Schrecken erholt und wirkte erstaunlich gefaßt.

»Keine Bange«, tröstete Don Edward die Kinder. »Ich krieg sie auch ohne Motor runter!« Er lachte gekünstelt. »Ich hab euch doch erzählt, daß mit den modernen Instrumenten nichts mehr passieren kann. Keine Angst, okay?«

Melanie glaubte ihm nicht, drehte sich aber zu ihrem Bruder um und berührte seine Hände. »Hast du gehört, Philip? Es kann gar nichts passieren. Don hat die Sache im Griff, du brauchst keine Angst zu haben!«

Der Junge antwortete nicht. Er klammerte sich so stark an den Vordersitz, daß die Knöchel seiner Hände weiß hervortraten. Sein Gesicht war kreideweiß, und seine Augen flackerten ängstlich. Er hatte Angst, so furchtbare Angst, daß er nicht einmal schrie, als die Cessna erneut in eine Windböe geriet und haarscharf an einem Felsgipfel vorbeischrammte.

»Don!« rief Melanie.

Der Pilot zog die Maschine herum und war sekundenlang damit beschäftigt, sie ruhig im Wind zu halten. Der Motor sprang an, und alle atmeten erleichtert auf. Philip lachte sogar etwas verlegen, aber als der Motor wieder zu stottern anfing und deutlich wurde, daß sie sich in höchster Gefahr befanden, begann er zu weinen.

Don Edward klopfte gegen die Uhr, die den Öldruck anzeigte, und stieß einen lauten Fluch aus. Als Melanie ihn entsetzt anblickte, zuckte er hilflos mit den Schultern. »Wir haben ein Problem«, sagte er nach einer Weile. »Der Öldruck stimmt nicht. Da muß irgend jemand an der Ölleitung rumgeschnipselt haben!«

»Was machen wir jetzt?« fragte Melanie leise.

»Wir landen auf dem See da vorn«, antwortete der Pilot ruhig. Er warf einen schnellen Blick auf die beiden. »Kein Grund zur Panik, okay? Mein Baby fliegt auch mit halber Kraft. Ich bringe euch sicher nach unten.« Er ließ die Cessna in den Sinkflug übergehen und überprüfte noch einmal den Vergaservorwärmer. »Okay«, sagte er laut zu sich selber. »Geschwindigkeit: achtzig Knoten. Zu schnell, mein Junge, zu schnell!« Er schaltete die Notfrequenz ein und hielt das Ruder fest umklammert. »Mach jetzt bloß keinen Mist!« sagte er zu seiner Maschine. »Benimm dich, okay?«

Ein Windstoß trieb die Cessna nach links, aber Don

gelang es, die Maschine auf den alten Kurs zu bringen. »Hört mir gut zu!« sagte er zu den Kindern, ohne den Blick von dem See zu nehmen »Haltet euch so fest, wie ihr nur könnt! Falls wir kentern und im Wasser landen, schwimmt so schnell wie möglich ans Ufer! Zieht die Klamotten aus und rubbelt euch gegenseitig trocken! Ich komme mit dem Schlafsack und der Notausrüstung nach.« Er sagte nicht, was sie tun sollten, wenn sich jemand verletzte oder er nicht mehr in der Lage war, mit der Notausrüstung nachzukommen.

Melanie griff nach der Hand ihres Bruders und drückte sie fest. »Hab keine Angst!« sagte sie. »Gleich sind wir in Sicherheit!«

Noch war der See ein paar hundert Meter entfernt. Die Cessna schaukelte über das Eisfeld eines Gletschers, der bis dicht an den See heranreichte und steil zum Ufer abfiel. Schroffe Felsen ragten aus dem Eis, und westlich des Gletschers fraß sich eine tiefe Schlucht in das Halbdunkel des Waldes.

Die Cessna sank immer tiefer, war jetzt dicht über dem Eisfeld. Nur noch zweihundert Meter bis zum rettenden See. »Haltet euch fest! Gleich sind wir unten!« rief Don in das Heulen des Windes. »Euch passiert nichts, okay? Wir schaffen es, Leute!«

Im nächsten Augenblick wurde die Maschine wie von einer Riesenfaust nach unten gedrückt. Die Schwimmer prallten gegen einen Felsbrocken und zerschellten. Die Cessna rutschte auf dem Bauch weiter, holperte über den eisigen Boden und raste mit atemberaubender Geschwindigkeit auf den Abgrund zu.

Bruchlandung in der Wildnis

Melanie und Philip schrien vor Angst. Eisbrocken knallten gegen die Fenster, und heftige Schläge ließen die Maschine erzittern. Die Cessna berührte mit der rechten Tragfläche den Boden, drehte sich einmal um die eigene Achse und rutschte weiter. Die Landkarte wirbelte durch die Maschine, entfaltete sich in dem Wind, der durch das Fenster hereinpfiff, und klatschte gegen die Wand.

Don wurde nach vorn geschleudert und war kurz davor, das Bewußtsein zu verlieren. Verzweifelt streckte er die Hand nach den Armaturen aus. Wenn er es nicht schaffte, die Zündung und das Gas auszuschalten, würde die Maschine explodieren. Die Cessna drehte sich, und Don stieß mit dem Kopf gegen das Fenster. Er spürte, wie er endgültig das Bewußtsein verlor. Mit letzter Kraft griff er nach den Armaturen.

Melanie schrie aus Leibeskräften. Sie klammerte sich verzweifelt an den Sicherheitsgurt und glaubte sich im Zentrum einer gewaltigen Lawine, die von den Felsenbergen stürzte. Philip hatte beide Hände vors Gesicht geschlagen und schluchzte nur noch leise vor sich hin. Ein Ende der Höllenfahrt war nicht in Sicht. Die Maschine schien immer schneller zu werden, und das Kreischen des Metalls dröhnte immer lauter in ihren Ohren.

Weder Philip noch Melanie sahen, daß die Cessna auf den Abgrund zuraste. Sie spürten nur die heftige Erschütterung, als sie mit der linken Tragfläche gegen einen Eisbrocken stieß, nach links abgetrieben wurde, sich noch einmal um die eigene Achse drehte und mit dem Rumpf über blanken Felsen schrammte. Metallteile gingen zu Bruch und flogen durch die Luft. Die Maschine schlug auf den Felsen, erreichte dunkle Erde und grub sich durch ein Dickicht von kleinen Bäumen und Sträuchern, die den Rand des Abgrunds wie einen grünen Teppich bedeckten. Die Cessna wurde langsamer, stieß noch einmal gegen einen Felsbrocken und blieb mit der Schnauze über dem Abgrund hängen.

Aus dem tosenden Inferno wurde tödliche Stille. Nur noch das Poltern von Metallteilen und Steinen war zu hören. Aufgewirbelte Erde regnete auf den Rumpf der Maschine. Dann verstummten auch diese Geräusche, und die Stille wurde erdrückend.

Melanie atmete tief durch und stellte verwundert fest, daß sie am Leben war. Sie war nicht einmal verletzt. Ihr rechter Arm schmerzte, weil sie gegen die Tür gestoßen war, aber das war nur eine leichte Prellung und kaum der Rede wert. Sie schüttelte ihre Benommenheit ab und blickte ängstlich nach hinten. »Philip! He, Philip! Bist du okay? Sag doch was! Bist du in Ordnung?«

Ein leises Schluchzen war die Antwort. Der Junge hing erschöpft in seinem Sicherheitsgurt und merkte gar nicht, daß die Maschine stand. »Papa!« jammerte er.

»Es ist vorbei, Philip«, beruhigte Melanie ihren Bruder. »Wir haben es geschafft!« Sie griff nach seiner Hand. »Bist du verletzt?«

Philip schniefte laut und wischte sich mit beiden Händen über die Augen. Sein Gesicht war schmutzig, und seine Augen waren rot vom vielen Heulen. Er blickte sich zögernd um und kapierte nur langsam, daß die Maschine den Absturz einigermaßen überstanden hatte und seine Schwester und er nicht einmal verletzt waren. Sogar seine Brille war heil geblieben. Seine Hände taten weh, weil er sich mit aller Kraft festgehalten hatte, und sein Brustkorb schmerzte vom Druck der Sicherheitsgurte.

Er mußte an die vielen Katastrophenfilme denken, die er im Fernsehen gesehen hatte, und ein Lächeln huschte über sein Gesicht. »Ich bin okay«, sagte er fröhlich, dann fing er erneut zu weinen an, und Melanie nahm seine Hände und drückte sie fest.

»Wir haben es überstanden«, sagte sie sanft.

Der Junge schniefte weiter und schreckte erst hoch, als sich irgendwo ein Metallteil löste und scheppernd zu Boden fiel. Sein Körper erstarrte. »Was war das?« fragte er ängstlich.

»Nichts Schlimmes«, beruhigte Melanie ihn. Sie kramte ein Taschentuch aus ihrem Anorak und reichte es ihm.

Philip putzte sich lautstark die Nase. Er rieb sich die Tränen aus den Augen und sah erst jetzt, daß Don Edward leblos in seinem Sicherheitsgurt hing. Er blutete aus einer Kopfwunde. »Don!« rief er in aufkommender Panik. »Don! Don! Wach doch auf!«

Melanie erschrak. Sie beugte sich über den leblosen Piloten und untersuchte vorsichtig seine Wunde. Sie hatte einen Erste-Hilfe-Kurs in der Schule mitgemacht und erkannte sofort, daß er ernsthaft verletzt war. Mit zitternden Fingern untersuchte sie seinen Puls. »Nichts«, sagte sie leise. Sie rieb ihre Hände gegeneinander und versuchte es noch einmal, aber auch jetzt fühlte sie das Pochen des Herzens nicht. »Es ist zu kalt«, tröstete sie sich.

»Ist er tot?« fragte Philip ängstlich.

»Ich weiß nicht«, antwortete sie ehrlich, »auf jeden Fall ist er schwer verletzt.« Sie fand ihren alten Unternehmungsgeist wieder. »Komm, wir müssen hier raus! Wir müssen ihn verarzten und in eine warme Decke wickeln. Siehst du irgendwo den Verbandskasten?«

»Der ist bestimmt bei der Notausrüstung.« Philip blickte sich um, aber hinter seinem Sitz war alles durcheinandergefallen, und der Koffer mit der Notausrüstung war nicht zu sehen. Der Junge schob eine Plastikverkleidung zur Seite, die während der Notlandung von der Wand gefallen war. »Er ist nicht hier!«

»Vielleicht ist er rausgefallen.«

Philip beugte sich über den Sitz nach hinten und wollte gerade einen Beutel mit alten Lumpen aufheben, als die Maschine zu quietschen und zu schaukeln begann. Er erstarrte mitten in der Bewegung. »Was war das?« flüsterte er starr vor Angst.

Seine Schwester blickte nach vorn und spürte, wie eine eisige Hand nach ihrer Kehle griff. Sie bekam keine Luft und war unfähig, etwas zu sagen. Entsetzt erkannte sie, daß die Maschine mit der Schnauze über einem Abgrund hing und jeden Augenblick in die Tiefe stürzen konnte. Ein Windstoß oder eine falsche Bewegung von ihnen beiden genügte.

»Melanie! Was ist denn?«

»Rühr dich nicht!« antwortete das Mädchen leise. »Wir hängen über dem Abgrund! Eine falsche Bewegung, und wir stürzen ab!« Sie wagte nicht einmal, den Kopf zu drehen und hielt ängstlich die Luft an, als die Maschine erneut zu schaukeln begann. Der Wind brauste kalt vom Gletscher herab und wollte das unerwartete Hindernis mit aller Macht aus dem Weg räumen.

Philip war blaß geworden. »Was machen wir jetzt?«

»Wir müssen hier raus! So schnell wie möglich!« antwortete sie leise. »Sobald ich die Tür aufgemacht habe, springen wir raus, okay? Dann rennen wir um das Flugzeug herum und holen Don.«

»Das schaffen wir nie«, meinte der Junge.

»Na, klar!« Melanie wollte nicht zugeben, daß sie genausowenig Hoffnung hatte wie ihr Bruder, aber sie wußte natürlich, daß die Maschine schon abstürzen konnte, wenn sie die Tür öffnete.

»Sei bloß vorsichtig!« mahnte Philip. Komischerweise dachte er jetzt ausgerechnet an einen U-Boot-Film, den er vor einiger Zeit auf Video gesehen hatte. Ein riesiges Unterseeboot wurde beschossen und sank auf den Meeresgrund. Es blieb auf einem Felsvorsprung liegen und wäre noch tiefer gesunken und zerplatzt, wenn die Männer nicht rechtzeitig den Antrieb repariert hätten. Das war eine Sache von Sekunden gewesen, und er sah die verschwitzten und ängstlichen Gesichter deutlich vor sich.

»Philip! He, Philip!«

»Alles okay«, erwiderte er.

»Öffne die Sicherheitsgurte! Du mußt sofort springen, wenn ich die Tür aufgemacht habe!« Melanie machte es ihm vor und wartete, bis er die Gurte zur Seite geschoben hatte. Dann legte sie ihre rechte Hand an den Metallhebel. Sie holte tief Luft, bevor sie daran zog. Die Tür bewegte sich nicht. Metall schabte über den nackten Fels, und die Maschine schwankte bedrohlich.

»Was ist?« fragte der Junge entsetzt.

»Die Tür klemmt!«

»Versuch's noch mal!«

Melanie zog erneut an dem Hebel. Obwohl es bitterkalt war, spürte sie Schweißtropfen auf ihrer Stirn. Diesmal gab die Tür nach. Der Wind fuhr dazwischen und riß sie dem Mädchen aus der Hand. Die Cessna schaukelte bedrohlich. Sie neigte sich nach vorn, hing sekundenlang in der Luft und sank langsam zurück. Ein Seitenruder brach ab und fiel zu Boden.

Die Kinder hielten den Atem an. Von draußen pfiff der kalte Wind herein und zerrte an ihren Kleidern. Die rote Baseballkappe flog vom Kopf des reglosen Piloten, wirbelte durch die Kabine und die offene Tür nach draußen. Die Landkarte wurde hochgeschleudert und auseinandergerissen. Mit einem unheimlichen Scharren und Quietschen kippte die kleine Maschine nach vorn.

»Raus!« schrie Melanie in wilder Panik.

Die Kinder sprangen aus dem Flugzeug. Gerade noch rechtzeitig fielen sie zwischen die Sträucher auf den harten Boden. Die Zweige schlugen ihnen wie Peitschenhiebe ins Gesicht. Sie rollten vom Abgrund weg und blieben schwer atmend liegen.

»Das Flugzeug!« schrie Philip.

»Don!« rief Melanie verzweifelt.

Die Cessna bewegte sich knarrend und sank nach vorn. Ihr Bug schwebte über dem Abgrund. Der Wind schlug die Tür zu und verfing sich pfeifend in dem beschädigten Rumpf. Langsam rutschte die Maschine nach unten. Sie kippte über den Felsrand und stürzte langsam, fast wie in Zeitlupe, in die Tiefe. Die Kinder beobachteten fassungslos, wie das kleine Flugzeug aus ihrem Blickfeld rutschte und zerfetzte Sträucher und Steine mitriß.

Sekundenlang herrschte absolute Stille. Die Luft hielt den Atem an, wie vor einem Sturm, und selbst der Wind schien einen Augenblick zu verstummen. Dann brach ohrenbetäubender Lärm das Schweigen. Man hörte das Kreischen von Metall und das Poltern von schweren Teilen. Eine gewaltige Explosion zerriß die Luft, und über den Felsen erschien eine schwarze Rauchwolke.

»Don!« rief Melanie wieder.

Die Kinder sprangen auf und rannten zum Rand des Abgrunds. Erst jetzt erkannten sie, wie nahe sie dem Tod gewesen waren. Die Schlucht war über hundert Meter tief, ragte neben dem Gletscher keilförmig in den felsigen Berg und wirkte bedrohlich wie das gierige Maul eines wilden

32

Tieres. Ein schmaler Fluß sprudelte über den Grund und ergoß sich weiter westlich in den See.

Auf dem Grund der Schlucht lag das, was von der Cessna übriggeblieben war. Wie der Abfall eines Riesen lagen die roten Teile des kleinen Flugzeuges auf dem Boden verstreut. Aus dem Rumpf züngelten Flammen, stieg schwarzer Rauch nach oben. Die Baseballkappe des Piloten tanzte auf den Wellen des Flusses und wurde von der reißenden Strömung durch die Schlucht getragen. Sein Körper war nirgendwo zu sehen.

Philip wurde schwindlig. Er klammerte sich an seine Schwester und brauchte lange, bis er ein Wort herausbekam. »Don!« sagte er. »Don liegt da unten! Er ist tot!« Er blickte Melanie mit verweinten Augen an. »Er ist in der Schlucht! Wir müssen was tun!«

»Wir können nichts mehr tun«, erwiderte das Mädchen leise. Sie umarmte ihren Bruder und drückte ihn fest an sich. »Aber ich glaube, er war schon tot, als ich ihn untersucht habe.«

»Ehrlich?«

»Ich glaube schon.«

»Dann hat er nichts mehr gespürt«, meinte Philip erleichtert. Er atmete tief durch und löste sich langsam von seiner Schwester. »Oder meinst du, wir hätten ihn retten können? Er sah noch so lebendig aus, als wir aus dem Flugzeug gesprungen sind.«

»Er war tot, bestimmt.«

»Gott sei Dank!« Irgendwie war das wichtig für den Jungen. Er hoffte, daß Don einfach ohnmächtig geworden und woanders wieder aufgewacht war. »Meinst du, sie lassen ihn dort auch fliegen?«

»Wo?«

»Na, wo er jetzt ist. Dort drüben.«

Melanie mußte lächeln, zum ersten Mal seit dem Absturz. »Bestimmt«, beruhigte sie ihren Bruder. »Ich wette, dort wartet schon eine knallrote Cessna auf ihn.«

»Meinst du?«

»Ehrlich, hat unser Religionslehrer erzählt. Nach dem Tod bekommt man das, was man sich das ganze Leben gewünscht oder was man am liebsten gehabt hat.«

»Auch einen coolen Ferrari?«

»Na, klar.«

»Dann ist der Tod gar nicht so schlimm?«

»Nur das Sterben«, wiederholte Melanie die Worte ihres Religionslehrers, »weil man am Leben hängt und sich nicht vorstellen kann, daß auf der anderen Seite ein neues, ganz anderes Leben beginnt. Don hat es gut, da bin ich ganz sicher.«

»Und wärmer ist es dort bestimmt auch«, sagte Philip. Er rieb fröstelnd die Hände gegeneinander und schüttelte sich. »Zum Glück hab ich meine Handschuhe nicht im Flugzeug gelassen.« Die Worte seiner Schwester hatten ihn beruhigt, und er verdrängte den toten Piloten aus seinen Gedanken, zumindest für den Augenblick. »Ist bestimmt zehn Grad unter Null.«

»Das ist der Gletscher.« Auch Melanie war froh, über etwas anderes zu sprechen. »Der Wind weht über das Eis und treibt uns die kalte Luft ins Gesicht. Wind Chill Factor, so haben sie das heute morgen im Radio genannt.« Sie blickte zur Sonne empor, die weiß am dunstigen Himmel glänzte.

Jetzt frischte auch der Wind wieder auf. Er brauste über das zerklüftete Land und drückte die Sträucher auf den Boden. Es war bitterkalt. Auf dem Felsplateau, das neben dem Gletscher in die Schlucht hineinragte, gab es keine Bäume, und die Kinder waren dem Wind hilflos ausgeliefert. Sie gingen ein paar Schritte und blieben unschlüssig zwischen den Sträuchern stehen.

Außer dem Heulen und Pfeifen des Windes war nichts zu hören. Es war so still, als hätte es nie einen Flugzeugabsturz gegeben. Nur die herumliegenden Metallteile und die Schleifspuren in der Erde erinnerten an die furchtbaren Sekunden, die hinter den Kindern lagen. Und der dunkle Rauch, der wie ein drohendes Signal über dem Schluchtrand hing. Das Prasseln des Feuers war viel zu weit weg, und das Klappern der Teile, die von dem Wrack fielen, wurde vom Rauschen des Windes übertönt.

Melanie kramte ihre Handschuhe aus den Anoraktaschen und zog sie an. Ihr Blick wurde entschlossener. Sandra, ihre beste Freundin, hatte mal gesagt, daß sie praktischer als die meisten Jungen veranlagt war. »Als mein Bruder bestimmt«, hatte sie betont, »der kann nicht mal einen Nagel gerade einschlagen.« Auch ihr Vater hatte sie gelobt, weil sie nach dem Umzug in die neue Wohnung alle Bilder aufgehängt und sogar die Stereoanlage angeschlossen hatte. »Ich glaub, ich schenk dir 'ne Bohrmaschine zu Weihnachten«, hatte er gesagt. »Damit kannst du wenigstens etwas anfangen.« Dann war doch eine Jahreskarte für den Zoo daraus geworden, aber die Idee war gar nicht übel gewesen.

Während der Bruchlandung hatte sie Todesangst ausgestanden, und Dons Tod hatte sie tief getroffen, aber ihre Vernunft sagte ihr, daß es an der Zeit war, an ihren Bruder und sich selbst zu denken. Sie schob den Schmerz beiseite und konzentrierte sich darauf, was als nächstes zu tun wäre. Sie mußten bei dem Wrack bleiben. Das wurde jedem Fluggast eingeschärft, der mit einer kleinen Maschine in die Wildnis flog. Wer einen Absturz überlebte und sich vom Wrack entfernte, machte den Suchmannschaften nur unnötig das Leben schwer. Sie richteten sich nach dem Notsignal, das von dem Funkgerät ausgesendet wurde. Zwei Kinder in der unendlichen Wildnis des hohen Nordens aufzuspüren war unmöglich.

»Wir müssen runter«, sagte sie zu ihrem Bruder. »Wir brauchen den Koffer mit der Notausrüstung und den Schlafsack und die Vorräte, die Don mitgenommen hat. Die Sandwiches und den heißen Tee. Es kann Stunden dauern, bis sie uns hier finden.«

Der Junge blickte sie ungläubig an. »Und wie willst du in die Schlucht kommen? Da ist doch gar kein Weg!«

»Irgendwo wird schon einer sein«, erwiderte Melanie, »ein alter Indianerpfad vielleicht. Zur Not müssen wir einen Umweg laufen oder klettern. Wenn wir in der Wildnis rumirren, denken die Ranger vielleicht, wir sind tot, und kehren wieder um.«

»Meinst du, sie schicken Ranger? Echte Ranger?«

»Ich mein doch die Ranger, die in den Nationalparks arbeiten«, erklärte das Mädchen, »nicht deine komischen Soldaten. Weißt du noch, neulich, der Bericht über den Grand Canyon? Da haben die Park Ranger einen Mann gerettet, der beinahe an einem Hitzschlag gestorben wäre. Sie schicken bestimmt die Ranger.«

»Aber der Nationalpark fängt doch erst da hinten an, bei den großen Bergen, die Don uns gezeigt hat. Das war noch 'ne ganze Ecke. Oder meinst du, das hier gehört auch schon zum Park?«

Melanie zuckte mit den Schultern. »Keine Ahnung, der Gates of the Arctic soll ziemlich groß sein, größer als die meisten Bundesländer in Deutschland. Irgend jemand werden sie schon schicken. Don hat die Notfrequenz eingeschaltet, das hab ich genau gesehen. Die wissen längst, daß wir notgelandet sind.«

»Hoffentlich«, meinte Philip. Er schlug die Hände gegeneinander und drehte sich in den Wind. »Es wird immer kälter. Meinst du, in dem Koffer mit der Notausrüstung sind Streichhölzer?«

»Bestimmt«, antwortete Melanie. »Ohne ein Feuer wären wir in der Kälte ziemlich aufgeschmissen.« Sie wollte gar nicht daran denken, was passierte, wenn die Retter erst am nächsten Tag erschienen. In der Wildnis zu übernachten würde sehr ungemütlich werden.

»Dann komm«, forderte Philip seine Schwester auf, »hier oben ist es verdammt kalt. Da hinten wird es flacher, vielleicht gibt es da einen Weg in die Schlucht. Ich hab keine Lust zu erfrieren.«

»Ich komm ja schon«, erwiderte Melanie. Sie war froh, daß ihr Bruder nicht mehr an das Unglück dachte und kaum Angst zu haben schien, aber sie wußte, daß sich das sehr schnell ändern konnte. Es war leicht möglich, daß irgend etwas mit dem Funkgerät nicht stimmte, oder das Wetter wurde schlecht, oder sie fanden keinen Weg in die Schlucht, und die Retter glaubten, daß sie mit der Maschine abgestürzt und verbrannt waren. Es gab viele Gründe, die ihre Rettung zum Scheitern verurteilen konnten.

Die Schlucht des Todes

Die Sonne war vom Himmel verschwunden, und aus dem milchigen Dunst war eine dicke Wolkendecke geworden. Düsteres Zwielicht hing über dem schroffen Land. Der Wind pfiff über den schmalen Pfad, den die Kinder nach langem Suchen gefunden hatten, und zerrte an ihrer Kleidung. Das Thermometer im fernen Anaktuvuk Pass, das viel nördlicher als die Schlucht lag, zeigte knapp unter null Grad, aber der Wind Chill Factor war erheblich, und überall im nördlichen Alaska sprach man davon, daß der Sommer vorbei war und der Winter diesmal früher begann.

Davon wußten Melanie und Philip nichts. Vor ihrem Abflug hatten die Leute noch ganz anders geredet, aber im hohen Norden wechselt das Wetter von einer Minute auf die andere, und dem Hochsommer kann schon am nächsten Tag ein Blizzard folgen. Niemand wundert sich darüber, und jeder ist darauf vorbereitet. Alaska besteht zum größten Teil aus menschenleerer Wildnis. Von den knapp 600000 Einwohnern, die in dem riesigen Land wohnen, lebt fast die Hälfte in Anchorage. In der Brooks Range und nördlich des Polarkreises kann man tagelang durch die Wildnis ziehen, ohne einem Menschen zu begegnen.

Seit einer Stunde kletterten Philip und Melanie über den steilen Pfad. Er führte in zahlreichen Windungen in die Schlucht hinab, und Melanie hoffte nur, daß er von Indianern und nicht von wilden Tieren angelegt worden war. Sie hatte keine Lust, in dieser Einöde einem Bären oder einem Wolf zu begegnen. Der Pfad war kaum breit genug für einen Menschen. Links von ihnen ging es steil bergauf, und spitze Steine ragten aus dem harten Boden. Dunkles Moos hing an der gefrorenen Erde. Rechts von ihnen gähnte der Abgrund, führte ein Geröllfeld zu steilen Felswänden.

Melanie erinnerte sich plötzlich daran, weshalb sie ihren Kurs verlassen und nach Westen geflogen waren. Sie blieb stehen und blickte sich aufmerksam um. »Warte mal«, sagte sie. »Hörst du was?«

»Nur den Wind«, antwortete Philip. Er war ebenfalls stehengeblieben und blickte seine Schwester besorgt an. Sein Gesicht unter der grauen Sternenmütze war von der Kälte gerötet. »Wieso?«

»Irgendwo muß der Grizzly sein, den wir uns anschauen wollten. Die Mutter mit den beiden Jungen. Wenn wir der begegnen, sehen wir ziemlich alt aus.« Sie dachte an den ausgestopften Grizzly, den sie auf dem Flughafen in Anchorage gesehen hatten, und erschauderte. Die Zähne des Bären waren länger als ihre Finger gewesen. »Sei mal still!« sagte sie leise.

Sie hielten schweigend den Atem an. Außer dem Heulen des Windes, der sich zwischen den felsigen Bergen verfing, war nichts zu hören. Sie waren allein in der Wildnis. Der Pfad hatte sie hinter eine keilförmige Felswand geführt, die sogar das Flugzeugwrack vor ihren Augen verbarg. Der Gletscher, über dem sie abgestürzt waren, ragte schmutzig in die Berge hinein.

»Bären machen keinen Lärm«, sagte Philip, »die schleichen sich an wie ein Indianer.« Er griff sich an die Mütze und blickte nervös den Pfad hinauf. »Meinst du, die sind irgendwo in der Nähe?«

»Die Mutter mit den Jungen?« Melanie nickte. »Don wollte irgendwo da hinten tiefer gehen, also können sie nicht weit sein. Unten am Fluß vielleicht, da gibt es Lachse. Wir müssen aufpassen, mit Jungen sind sie besonders gefährlich!«

»Meinst du, sie kommen den Pfad rauf?«

»Keine Ahnung«, antwortete Melanie. »Wenn ich ein Bär wäre, würde ich lieber am Fluß bleiben, wo's was zu fressen gibt. Der Pfad ist ziemlich schmal, und junge Bären sind tollpatschig.«

»Dann bleiben sie unten, ganz bestimmt«, meinte Philip zuversichtlich.

»Wir müssen singen oder laut reden, dann lassen sie uns in Ruhe«, sagte seine Schwester. »Du hast doch gehört, was Don gesagt hat, der hat immer ein Glöckchen umhängen, wenn er in die Wildnis geht. Komm, wir singen was. Was für 'n Lied kennst du?«

»Die neue Single von Aerosmith.«

»Quatsch.«

»Irgendwas von den Stones.«

»Du weißt doch, daß ich kaum Rock höre«, erwiderte Melanie etwas ärgerlich. »Irgendein Volkslied oder einen Schlager, den ich auch kann. Was Fröhliches, das vertreibt sie am ehesten.«

»Das blöde Lied, das sie bei der Kaffeewerbung singen.«

»Meinetwegen«, stimmte Melanie zu, weil auch ihr nichts anderes einfiel. »Also los, aber sing laut, damit sie uns auch hören!«

Sie marschierten weiter und sangen das fröhliche Lied des Kaffeerösters, der seine dunklen Bohnen auf einem Markt anpries. Es schallte als vielfaches Echo von den Felswänden zurück. Ihre Freunde, die kaum etwas von Bären wußten, hätten sich wahrscheinlich an den Kopf gegriffen und mitleidig gelächelt, aber es war die einzige Möglichkeit, sich vor den gefährlichen Tieren zu schützen, das bekam jeder Tourist gesagt, der sich bei einem Ranger zu einer Wildniswanderung abmeldete.

Sie sangen das Kaffeelied fünfmal hintereinander, dann fiel Philip ein anderer Werbesong ein, und sie lobten den Käse, der direkt aus den Schweizer Alpen auf den Frühstückstisch kam. So ging es über eine Stunde lang. Vom Käse zu dem guten Bauernbrot mit der dicken Kruste und den Pralinen, die es nur im Winter gab, wenn die reifen Nüsse aus Südamerika kamen. Die Lieder lenkten sie von ihrer Angst ab, und das Singen machte warm.

»Mir fällt nichts mehr ein«, sagte Philip endlich. Sie waren jetzt tief in der Schlucht und konnten bereits die qualmenden Überreste der Cessna sehen. Der Fluß rauschte keine dreihundert Meter vor ihnen. An seinem Ufer wuchsen kleine Bäume und Büsche, und sogar der harte Boden leuchtete grün. Außer einem Raubvogel, der weiter unten über der Schlucht kreiste, war kein Tier zu sehen, nicht einmal ein Fuchs oder ein Erdhörnchen.

»Dann fangen wir wieder von vorne an«, schlug Melanie vor, »oder wir unterhalten uns laut. Erzähl mir, was du letzte Woche in der Schule durchgenommen hast. Wie heißt dein Lehrer?«

»Unser Klassenlehrer? Pütz, Dr. Pütz.«

»Und was für Fächer gibt er?«

»Deutsch und Geschichte.«

»Was habt ihr in Deutsch durchgenommen?«

»Weiß ich nicht mehr«, antwortete Philip ärgerlich. Er blieb stehen und drehte sich um. »Das ist ein blödes Spiel!«

»Das ist kein Spiel«, erinnerte ihn seine Schwester, »oder willst du den Grizzly am Hals haben? Wer weiß, wo der Kerl steckt! Wir müssen ordentlich laut sein, dann sind wir sicher.«

»Dann sing ich lieber.«

»Noch mal von vorn?«

»Das Kaffeelied«, stimmte Philip zu. Er begann zu singen und marschierte weiter. Manchmal vergaß er den Text, aber dann half seine Schwester aus, oder sie erfanden einfach irgendwas und sangen, was ihnen gerade einfiel. Aber jetzt strengte sie das Singen auch an.

Der Pfad war nun flacher und führte über ein weites Geröllfeld. Der Wind blieb irgendwo zwischen den Felsen hängen, und es war wärmer geworden. So kam es den beiden jedenfalls vor. Die Steinwände ragten steil empor, und der Felsvorsprung, von dem das Flugzeug gestürzt war, lag weit über ihnen. Wenn sie nach oben blickten und sich vorstellten, nicht rechtzeitig aus der Maschine gekommen zu sein, wurde ihnen ganz übel.

Es dämmerte bereits, als sie endlich das Wrack erreichten. Sie hörten zu singen auf und starrten betreten auf die Überreste des kleinen Flugzeugs. Das Feuer war erloschen, aber von den verbrannten Sitzen stieg immer noch Qualm auf. Es stank nach verbranntem Kunststoff. Die Wrackteile lagen überall verstreut, und der Rumpf war in unzählige Teile zerbrochen. Den Propeller hatte es über hundert Meter weit zum Flußufer geschleudert. Eine geheimnisvolle Stille lag über der Absturzstelle, und die schrecklichen Geschehnisse auf dem Felsvorsprung standen Melanie und Philip wieder vor Augen. Benommen suchten sie nach dem toten Piloten.

»Da drüben liegt er«, sagte Melanie traurig.

Philip folgte ihrem Blick und begann wieder zu weinen. Er ging zu dem alten Mann, der neben einem Felsbrocken auf dem Rücken lag, und beugte sich über ihn. »Don«, jammerte er. »Don! Sag doch was! Sag, daß du nicht tot bist!« Er streichelte über die blutverschmierten Wangen des Mannes und rieb sich mit der anderen Hand die Tränen aus den Augen. »Don, du lebst doch!«

»Er ist tot«, sagte Melanie leise. Sie war neben ihren Bruder getreten. Auch sie war erstaunt, wie lebendig der Pilot aussah, fast so, als schliefe er nur, aber als sie seinen Kopf berührte, spürte sie eine tiefe Wunde, die ihn schon vor dem Absturz in die Schlucht getötet haben mußte. Es war kein Leben mehr in dem alten Mann. Der Sturz hatte ihm alle Knochen gebrochen, und sein Schädel war zertrümmert. Das merkten sie erst, als sie den leblosen Körper zwischen einige Felsen zogen und die Öffnung in seinem Hinterkopf sichtbar wurde. Melanie holte tief Luft, und Philip übergab sich.

Es dauerte eine Weile, bis der Junge sich erholt hatte. Erschöpft und immer noch benommen beobachtete er, wie Melanie den toten Piloten mit Steinen bedeckte. »Wir können ihn nicht begraben«, sagte sie, »der Boden ist viel zu hart. Aber so kommen die wilden Tiere nicht an ihn heran.« Sie hielt inne. »Geht es dir besser?«

Philip nickte schwach. »Es sah so ... so schlimm aus.«

»Ich weiß«, erwiderte Melanie, »aber er hat nichts mehr davon gemerkt. Er war schon tot, als er runterfiel, das weißt du doch.«

»Trotzdem.«

Sie schichtete weitere Steine auf den leblosen Körper. Als Melanie sein Gesicht bedeckte, schloß sie die Augen. Es war fast so schlimm wie vor sieben Jahren, als sie ihre Mutter gesehen hatten. Der Unfall war vor dem Supermarkt passiert, keine hundert Meter von ihrer Wohnung entfernt, und sie waren mit den anderen Kindern zu der Unfallstelle gerannt, als sie die Polizeisirene gehört hatten. Es war an einem Samstag geschehen, und ihr Vater war mit beim Einkaufen gewesen. Er hatte Philip gleich in die

Arme geschlossen, damit er nichts sah, aber sie hatte vor ihrer toten Mutter gestanden und träumte heute noch manchmal davon.

Melanie kamen die Tränen, als sie daran dachte. Sie wandte ihr Gesicht ab, damit Philip es nicht bemerkte. Er war jünger als sie und hatte den Tod seiner Mutter nie verwunden, manchmal hatte er Angst wie ein kleines Kind. Sie mußte ihn beschützen. Sie mußte stark sein, bis die Retter kamen und sie aus der Schlucht holten. Sie rieb sich die Augen trocken und häufte die letzten Steine auf den Toten.

Von einem Strauch riß sie einen Zweig ab und legte ihn auf das Grab. Dann stand sie auf. Sie nahm ihre Strickmütze vom Kopf und legte einen Arm um ihren Bruder. Auch Philip setzte seine Mütze ab. Sie blieben stumm stehen und trauerten um den alten Piloten, der immer so nett zu ihnen gewesen war. »Lieber Gott, paß gut auf ihn auf!« sagte Melanie. »Er war ein guter Mann, und er kannte die besten Geschichten in ganz Alaska. Führe ihn ins Paradies und sei gut zu ihm, denn er hat es verdient. Amen.«

»Und schenk ihm eine knallrote Cessna«, fügte Philip hinzu, »damit er mit den Engeln um die Wette fliegen kann. Amen.«

Sie entfernten sich von dem Grab und kehrten zu dem Wrack der abgestürzten Maschine zurück. In den verkohlten Trümmern suchten sie nach dem Koffer mit der Notausrüstung, fanden aber nichts. Auch die Leinentasche mit den Sandwiches und dem heißen Tee war nicht zu sehen. Alles war schwarz oder seltsam verformt, und manche Metallteile glühten noch immer. Es stank so erbärmlich, daß sie sich beide Hände vor Mund und Nase halten mußten und kaum Luft bekamen.

Melanie stocherte in den zertrümmerten Armaturen herum und stellte entsetzt fest, daß das Funkgerät verschwunden war. »Das Funkgerät!« rief sie. »Wir müssen das Funkgerät finden! Irgendwo muß es doch sein!« Sie stieß mit den Füßen in die Asche, fand aber nichts. »Es ist weg! Es ist nicht mehr da!«

»Vielleicht ist es rausgefallen«, sagte Philip.

»Dann muß es doch irgendwo liegen!« meinte seine Schwester. Sie unterdrückte nur mühsam eine Panik. »Such alles ab, wir müssen es unbedingt finden! Hast du da hinten schon gesucht, auf dem Geröllfeld, wo die vielen Trümmer liegen?«

»Da liegt nichts.«

»Schau noch mal nach!«

Philip zog los, fand aber nichts. Auch Melanie wurde in dem ausgebrannten Wrack nicht fündig. Lediglich das Glöckchen, das Don in seiner Brusttasche gehabt hatte, entdeckte sie zwischen den Trümmern. Sie lächelte bedrückt und band es sich um den Hals. Das Klingeln wirkte in dieser Umgebung fehl am Platz.

»Hast du was?« rief Philip neugierig.

»Nur das Glöckchen«, antwortete sie.

»Gegen die Bären?«

Sie brachte nur ein Nicken zustande. »Jetzt brauchen wir keine Angst mehr vor dem Grizzly zu haben«, sagte sie einige Zeit später. »Das Bimmeln vertreibt ihn bestimmt!«

Philip war nicht so überzeugt, sagte aber nichts. Er glaubte nicht daran, daß sich ein ausgewachsener Grizzly durch eine Weihnachtsglocke vertreiben ließ. Wenn er schlechte Laune hatte oder was zum Fressen brauchte, griff er bestimmt an. »Hatte Don einen Revolver dabei?« fragte er besorgt.

»Einen Revolver?« fragte Melanie erstaunt. Sie überlegte eine Weile. »Im Koffer mit der Notausrüstung vielleicht. Eine Signalpistole ist da bestimmt drin. Hast du das Funkgerät?«

»Das Ding ist nicht da.«

»Aber irgendwo muß es doch sein.«

»Vielleicht ist es in den Fluß gefallen.«

Sie rannten zum Fluß, aber auch dort war das Funkgerät nicht. Nur ein paar Metallteile, die auf den Grund gesunken, in dem klaren Wasser aber deutlich zu sehen waren. Es war nur ein kleiner Fluß, und das Wasser war nicht besonders tief.

Philip blickte die Felswand hinauf. »Das Funkgerät ist bestimmt irgendwo hängengeblieben oder aus der Maschine gerissen worden. Es hängt in den Felsen, da gehe ich jede Wette ein.«

»Könnte sein«, mußte Melanie zugeben. Sie schaute ebenfalls zu dem Felsvorsprung hinauf, von dem die Cessna gestürzt war. Das Flugzeug mußte zwei- oder dreimal gegen die zerklüftete Felswand geprallt sein, bevor es auf den Grund der Schlucht gefallen war. Es war gut möglich, daß sich das Funkgerät während der Bruchlandung gelockert hatte und bei einem Aufprall aus der Maschine und in eine Felsnische gefallen war. »Hoffentlich sendet die Frequenz noch!«

»Geht das überhaupt?« fragte Philip. »Hat das Ding denn eine Batterie?« Er blickte seine Schwester besorgt an, aber die wußte auch keine Antwort auf diese wichtige Frage. »Wenn es in den Felsen zerbrochen ist und kein Notsignal mehr sendet, sind wir ziemlich aufgeschmissen, was?« erkannte er die bedrohliche Lage.

»Das stimmt.« Melanie machte erst gar nicht den Versuch, ihm etwas vorzuschwindeln. »Was ist mit der Not-

46

ausrüstung? Hast du den Koffer gefunden? Und der Beutel mit den Vorräten? Wo ist der? Es kann doch nicht alles verschwunden sein ...«

Philip hielt eine angekohlte Decke und die beinahe unversehrte Sonnenbrille des toten Piloten hoch. »Ich hab nur das hier gefunden. Können wir die Decke noch brauchen?«

»Besser als nichts«, meinte sie schlecht gelaunt. Sie hatte die verkohlten Überreste des Schlafsacks in dem Wrack gefunden. »Was anderes haben wir heute nacht nicht. Der Schlafsack ist verbrannt.« Sie nahm ihm die Decke ab. »Such weiter nach der Notausrüstung. Hast du schon zwischen den Felsen gesucht?«

»Schon zweimal.«

»Dann such noch mal«, beschwor sie ihn. »Ich kämme noch mal das Wrack von vorn bis hinten durch. Wenn sie uns heute nacht suchen, brauchen wir die Signalpistole. Schau gründlich nach!«

»Ja, ja, ich geh ja schon.«

Sie machten sich an die Arbeit. Melanie suchte überall in dem ausgebrannten Wrack, und zwar genauso erfolglos wie beim ersten und beim zweiten Mal. Philip stocherte im Geröll zwischen den Felsbrocken, ging weiter bis zur Felswand und stieß auf etwas, was matt im Zwielicht glänzte.

»He, Melanie! Ich glaub, ich hab was!«

»Die Notausrüstung?« rief sie hoffnungsvoll.

»Irgendwas Glänzendes«, erwiderte er.

Das Mädchen rannte zu ihm und grub die silberne Thermosflasche zwischen den Steinen hervor. Sie war ein bißchen verbeult, aber sonst unbeschädigt. Melanie schüttelte die Flasche und sagte: »Na, wenigstens heißen Tee haben wir jetzt.«

»Sonst ist nichts hier«, bedauerte der Junge.

Melanie fluchte leise. Sie klemmte sich die Thermosflasche unter den Arm und lief zu dem Wrack zurück. Sie war wütend, weil sich alles gegen sie verschworen hatte und das Funkgerät und der Koffer mit der Notausrüstung spurlos verschwunden waren. Das kam bei hundert Notlandungen höchstens einmal vor.

»Da oben ist er!« rief Philip hinter ihr.

»Was?« rief sie erstaunt. Sie fuhr herum und blickte auf ihren Bruder, der entsetzt auf einen Felsvorsprung zeigte, der ungefähr fünfzig Meter über ihnen aus der zerklüfteten Felswand ragte. Auf dem kleinen Felsentisch lag der Koffer. Don hatte ihnen den Behälter mit der Notausrüstung vor dem Abflug gezeigt, und sie wußten genau, daß es der Koffer war.

»Das ist er«, rief Philip.

»Ich weiß«, erwiderte Melanie. Sie ging zu ihrem Bruder und blieb niedergeschlagen neben ihm stehen. Der Koffer lag so hoch, daß ihn nur ein geübter Bergsteiger erreichen konnte. Die Felswand war viel zu steil und viel zu glatt, und man mußte schon ein erfahrener Freeclimber sein, wenn man dort hinaufkommen wollte. Selbst dann war es so gut wie unmöglich.

»Den kriegen wir nie«, sagte Philip.

Melanie wußte nicht, was sie erwidern sollte. Der Koffer lag so aufreizend auf dem Felsen, als wollte er sie verhöhnen. Zum Greifen nahe und doch so unerreichbar weit.

Es hatte sich alles gegen sie verschworen.

Allein in der Schlucht

Nur langsam wurde den Kindern klar, was der Verlust des Koffers mit der Notausrüstung für sie bedeutete. Sie hatten keine Signalpistole, keine Streichhölzer, nicht einmal Verbandszeug. Es gab keinen Kompaß und keine Karte. Nichts, was ihnen bei einem längeren Aufenthalt in der Wildnis geholfen hätte. Sie waren ganz allein auf sich gestellt und konnten nur hoffen, daß die Retter innerhalb der nächsten Stunden eintrafen.

»So ein Mist!« fluchte Philip. »Warum muß der blöde Koffer auch da oben liegenbleiben?« Er überlegte eine Weile und strahlte plötzlich. »He, vielleicht krieg ich ihn mit einem Stein runter!«

»Wie denn?« fragte seine Schwester.

»Ich werf mit Steinen nach dem Koffer!« antwortete der Junge eifrig. »Wenn ich ihn treffe, rutscht er vielleicht von dem Felsen!«

»Das ist doch viel zu hoch.«

»Ach was!« Philip ließ sich nicht entmutigen. »Ich gehöre zu den besten Werfern meiner Klasse! Beim letzten Sportfest hab ich einen neuen Rekord mit dem Schlagball aufgestellt!«

»Du kannst es ja versuchen.«

Philip hob einen faustgroßen Stein auf und schleuderte ihn nach oben. Er blieb auf halber Höhe in der Luft hängen und fiel zurück auf den Boden. Der Junge griff nach einem zweiten Stein. Auch diesmal warf er nicht weit genug. Er versuchte es ein drittes und viertes und fünftes Mal, aber er war zu schwach, um den Koffer zu erreichen. Selbst ein erwachsener Mann hätte nicht so hoch werfen können. Melanie unterstützte ihn und scheiterte ebenfalls.

»Es hat keinen Zweck«, sagte sie. »Es ist viel zu hoch.«

»Ich treffe das verdammte Ding, darauf kannst du dich verlassen!« schimpfte der Junge. Er warf noch ein paarmal nach dem Koffer und kam nicht einmal in die Nähe. Erschöpft ließ er den Arm sinken. Er hob einen letzten Stein auf und schleuderte ihn wütend gegen die Felswand. »Warum muß der Koffer auch dort oben liegen?« schimpfte er. »Warum ist er nicht runtergefallen?«

»Wir haben eben Pech gehabt«, sagte Melanie.

»Wenn ich zwei Jahre älter wäre, hätte ich es geschafft.« Philip konnte sich nicht beruhigen. »Lag denn kein Seil in der Maschine? Vielleicht kann ich hochklettern und den Koffer holen?«

»Unsinn!« sagte Melanie. »Das ist zu gefährlich.«

Philip ließ sich zu Boden sinken und war den Tränen nahe. Er nahm seine Brille ab und vergrub das Gesicht in den Händen. »Was machen wir jetzt?« fragte er enttäuscht. »Einfach nur warten?«

»Was anderes bleibt uns nicht übrig«, antwortete Melanie. Sie half ihrem Bruder vom Boden auf und griff nach seiner Brille. »Gib mal her, die ist ja ganz schmutzig!« Sie kramte ein Taschentuch aus ihrem Anorak und putzte die Brillengläser. »So, jetzt kannst du wieder besser sehen.«

»Danke«, sagte der Junge leise.

»Vielleicht brauchen wir die Notausrüstung ja gar nicht«, versuchte Melanie, ihm Mut zu machen. »Selbst wenn das blöde Funkgerät nicht mehr sendet, haben die Ranger sicher mitbekommen, wo wir sind. Eigentlich müßten sie schon hier sein.« Sie blickte auf ihre Uhr. »Wir sind schon über drei Stunden da.«

»Meinst du, sie haben das Funksignal gehört?«

»Bestimmt«, antwortete Melanie, obwohl sie alles anderes als sicher war, »aber in Anaktuvuk Pass steht bestimmt keine Maschine. Sie mußten sicher in Fairbanks anrufen, und bis die dort ein Flugzeug klarmachen, dauert es auch ein paar Minuten.«

Philip blickte zum Himmel. Die hellen Flecken hinter dem Dunst waren längst verschwunden, und der Abend war bereits angebrochen. »Wenn es dunkel wird, fliegen die sicher nicht mehr. Die denken doch, wir haben den Schlafsack und den ganzen Kram, und dann glauben sie ja auch, daß Don noch am Leben ist. Die denken sicher, wir zelten hier ganz gemütlich.«

»Wahrscheinlich«, mußte Melanie zugeben. Sie packte ihren Bruder bei den Schultern. »Aber so leicht lassen wir uns nicht unterkriegen! Eine Nacht halten wir auf jeden Fall durch, auch ohne ein Lagerfeuer. Wir suchen uns einen geschützten Platz und wickeln uns in die Decke, dann kann gar nichts passieren!«

»Meinst du? Aber Don hat doch gesagt, daß man in der Wildnis leicht sterben kann, wenn es zu kalt wird. Ohne daß man es merkt. Wenn wir nun erfrieren? Die Decke ist doch viel zu dünn.«

»Wir halten uns gegenseitig fest, so wie die Goldgräber in dem Roman von Jack London, den ich mal gelesen habe. Die haben tagelang in einem Blizzard überlebt, weil sie sich gegenseitig mit ihren Körpern gewärmt haben. Du wirst sehen, das geht.«

»Ich hab aber keine Lust, mich an einem Mädchen festzuhalten«, meinte Philip. »Wenn das meine Freunde erfahren, lachen sie mich aus. Mit einem Mädchen, so ein Blödsinn!«

»Wenn du nicht willst, kannst du ja im Freien schlafen.«

Philip machte ein paar Schritte und blieb dann trotzig stehen. Ihm war jetzt schon viel zu kalt. Der Wind hatte nachgelassen, aber seit die Sonne weg war, schützte ihn auch sein fester Anorak kaum gegen die immer kälter werdende Luft. Ihn fror erbärmlich. »Und die Goldsucher in dem Buch haben sich umarmt? Wie ein Liebespaar? Das glaubst du doch selber nicht, so was gibt's nicht!«

»Na klar«, bestätigte sie. »Das hab ich auch schon in anderen Büchern gelesen. Wenn du mehr lesen würdest, wüßtest du Bescheid. Körperwärme hilft am besten gegen Kälte.«

»Meinetwegen«, meinte er zögernd. »Aber wehe, du erzählst was meinen Freunden. Ich reiß dir die Haare aus!«

»Ich schweige wie ein Indianer. Ehrenwort!«

Sie suchten sich einen Lagerplatz zwischen den Felsen, und Philip achtete darauf, daß sie weit genug vom Grab des toten Piloten entfernt waren. Er hatte große Angst vor dem Toten, obwohl er das niemals zugegeben hätte. Sie rissen einige Sträucher aus der Erde und legten sie auf den harten Boden. Darüber breiteten sie die Decke aus. Es war kein besonders bequemes Lager, aber das beste, das sich mit ihren bescheidenen Mitteln einrichten ließ. Sie rollten sich in die angesengte Decke.

»Verdammt hart«, meinte Philip unzufrieden. Die Sträucher stachen durch den Stoff, und die Decke war viel zu klein, um sie beide einzuhüllen. »Auch nicht viel wärmer«, schimpfte er.

»Das dauert 'ne Weile«, meinte Melanie. »Du mußt mich umarmen. Mach schon, ja, so ist es richtig. Gleich wird dir wärmer.«

Nach einigen Minuten wurde ihm tatsächlich wärmer, auch wenn die Decke am Rücken wegrutschte und der kalte Wind von hinten in seinen Anorak kroch. Philip schloß die Augen, konnte aber nicht einschlafen. »Wieviel Uhr ist es eigentlich?« fragte er.

»Kurz nach sieben«, antwortete sie.

»Was?« Er fuhr erstaunt hoch. »So früh geh ich zu Hause nie ins Bett! Warum willst du denn jetzt schon schlafen? Laß uns lieber noch ein bißchen rumgehen, vielleicht kommen sie ja noch.«

»Die Ranger? Heute abend bestimmt nicht mehr.«

»Aber so dunkel ist es doch noch gar nicht.«

»Dunkel genug. Komm, leg dich wieder hin.«

»Aber ich kann noch nicht schlafen!«

»Versuch es wenigstens«, bat Melanie ihren Bruder, »das Rumlaufen bringt jetzt auch nichts mehr.« Sie war müde von der Anstrengung und dem vielen Suchen. »Es ist viel zu kalt.«

Philip schlug die Decke zurück und stand auf. »Ich bin noch nicht müde«, wehrte er sich trotzig, »und wenn ich rumlaufe, wird mir viel wärmer als unter der Decke.«

»Und der Grizzly? Die Bärin mit den Jungen?«

Die hatte er ganz vergessen. »Hier sind keine Bären«, versuchte er sich herauszureden. »Ich hab jedenfalls keine gesehen.« Er schaute sich nervös nach allen Seiten um und zuckte mit den Schultern. »Na ja, vielleicht leg ich mich doch wieder hin.«

Melanie beobachtete lächelnd, wie ihr Bruder zurück unter die Decke kroch. Sie half ihm, sich zuzudecken, und rutschte dicht an ihn heran. Auch sie konnte noch nicht einschlafen, dazu war sie viel zu aufgeregt, aber sie wußte, daß sie Ruhe brauchten. Es war gefährlich, seine Kräfte in der Wildnis zu überschätzen. Sie erinnerte sich an die Geschichte von dem jungen Kanadier, die Don vor einem Jahr erzählt hatte, als sie zum letzten Mal mit ihrem Vater in Alaska gewesen waren. »Der Kerl war in irgendeinem Wanderverein und hielt sich für den Allergrößten«, berichtete Don. »Ihr hättet sein wettergegerbtes Gesicht und seine starken Muskeln sehen sollen! Nun ja, er wollte unbedingt in die Wildnis, in irgendein einsames Gebiet, in dem es kaum Menschen gab. Ich hab ihn in der Brooks Range abgesetzt, an einem gottverlassenen See. Als ich ihn drei Tage später wieder abholen wollte, lag er halbtot am Ufer. Der Mistkerl hatte sich überschätzt, und wenn ich nicht rechtzeitig gekommen wäre, hätten ihn die Engel geholt.«

»Ich paß schon auf«, versprach Philip, als Melanie ihn daran erinnerte. »Außerdem kommen morgen früh die Ranger, und dann fliegen wir nach Fairbanks und gehen mit Papa ein dickes Steak essen.« Er blickte in die Dämmerung. »Meinst du, Papa weiß schon, daß wir eine Bruchlandung gebaut haben?«

Melanie nickte. »Die Ranger haben es ihm sicher erzählt. Am Flughafen wissen sie genau, wer in der Maschine saß. Die haben ihn aus der Sitzung geholt, und er macht der Suchmannschaft die Hölle heiß, damit sie endlich losfliegen und uns suchen. Du wirst sehen, er ist bestimmt dabei, wenn sie uns holen.«

»Das wäre echt stark«, freute sich der Junge. Er schwieg eine Weile und sagte dann: »Vielleicht kommen sie ja doch noch heute abend! Du kennst doch Papa. Wenn der sie richtig antreibt, bleibt ihnen gar nichts anderes übrig, als gleich loszufliegen.«

»Heute abend nicht mehr«, war Melanie sich ganz sicher. »Bis die hier oben sind, ist es stockfinster, und dann ist viel zu gefährlich, in den Bergen rumzufliegen, auch in einem Hubschrauber mit großen Scheinwerfern und allen Schikanen.«

»So wie die Dinger, die Rambo geflogen hat.«

»So ähnlich«, meinte Melanie, obwohl sie noch nie einen Rambo-Film gesehen hatte. Sie haßte Gewalt, und sie verabscheute Filme, in denen nur geschossen, gestochen und geschlagen wurde. Sie schaute sich lieber irgendwelche Schnulzen an, die alten Schwarzweiß-Filme mit O. W. Fischer und Maria Schell. »Hoffnungslos altmodisch«, schimpfte Sandra, ihre Freundin, obwohl sie auch moderne Filme, wie »Schlaflos in Seattle« und »Während du schliefst« mochte, oder mal einen Krimi, in dem es nicht so wild zuging.

Ob sie auch mal einen Mann wie O. W. Fischer kennenlernen würde? So einen Gentleman der alten Schule, der einem in den Mantel half und jeden Wunsch von den Augen ablas? Der noch Walzer und Foxtrott tanzte und sie im Smoking zum Essen ausführte? Sie stand auf solche Männer, deshalb schwärmte sie auch für Udo Jürgens. Die meisten Mädchen in ihrer Klasse fuhren auf Take That und Caught in the Act und solche Gruppen ab, aber sie konnte diesen dummen Jungen kaum etwas abgewinnen.

»Schläfst du schon?« störte Philip ihre Gedanken. Er hatte sein Gesicht in ihren Anorak gegraben.

»Nein«, antwortete sie, »ich hab nur geträumt.«

»Von Papa?«

»Ja«, log sie.

»Er macht sich bestimmt Sorgen«, sagte Philip. »Er läuft wie ein wilder Tiger im Flughafen auf und ab.« Er hob den Kopf. »Ich wette, der hat mehr Angst als wir.«

»Wahrscheinlich«, erwiderte Melanie, »aber morgen sind wir ja wieder bei ihm. Du wirst sehen, sobald es hell wird, taucht ein Hubschrauber oder ein kleines Flugzeug über den Bergen auf, und dann sind wir gerettet. Willst du einen Schluck Tee?«

»Au ja.«

Melanie öffnete die Thermosflasche und schenkte einen Becher voll. Philip leerte ihn in einem Zug. Sie nahm nur einen kleinen Schluck und schraubte die Flasche wieder zu. Ganz tief in ihrem Inneren hatte sie Angst davor, daß die Ranger sie nicht fanden und sie tagelang in der Wildnis herumirren mußten. Dann würde ihnen der heiße Tee helfen, zumindest am Anfang.

Sie steckte die Flasche in ihre rechte Anoraktasche und legte sich wieder hin. Das Gesicht ihres Bruders war jetzt dicht vor ihr, und sie bemerkte, daß er wieder geweint hatte. Er sehnte sich wohl sehr nach seinem Vater. Auf ihn ließ er nichts kommen. In der Schule hatte er sich sogar schon mal geprügelt, weil irgendein blöder Junge ihren Vater beleidigt hatte. »Dein Vater ist ein dummer Hund, sonst hätte er schon längst wieder eine Frau gefunden«, hatte der Kerl gesagt und von Philip fürchterlich eins auf die Nase bekommen.

»Das haben bestimmt die beiden Männer getan«, sagte Philip, nachdem sie minutenlang geschwiegen hatten. »Die beiden Männer, die wir im Kanu gesehen haben. Weißt du noch?«

»Klar. Was sollen sie getan haben?«

»Hast du nicht gehört, was Don gesagt hat? Da muß einer an der Ölleitung herumgeschnipselt haben. Meinst du, sonst wären wir abgestürzt? Don konnte viel zu gut fliegen!«

Daran hatte Melanie noch gar nicht gedacht. Sie war viel zu sehr mit ihren augenblicklichen Sorgen beschäftigt gewesen, um an so etwas zu denken. Aber Philip hatte recht. Don Edward war ein erfahrener Pilot gewesen, der baute nicht aus heiterem Himmel eine Bruchlandung. Er hatte die Maschine genau überprüft, bevor sie losgeflogen waren, und wenn irgendwelche Instrumente ausfielen oder der Motor plötzlich stotterte, war ein anderer daran schuld. »Die beiden Männer in dem Kanu?«

»Einer hatte einen Bart, und der andere hatte so 'ne komische Mütze mit einem weißen Bommel auf. Die Angler. Ich hab ja gleich gesagt, daß das Gauner sind.«

»Das bildest du dir ein.«

»Und warum waren sie dann allein auf dem See? Die anderen Angler waren doch längst nach Hause gefahren. Nee, die wollten sich an die Cessna ranmachen.« Philip hatte sich aufgesetzt und blickte seine Schwester aufgeregt an. »Die haben die ganze Sache auf dem Kerbholz, die haben unseren Freund umgebracht!«

»Und warum ausgerechnet die beiden Männer?«

»Woher soll ich das wissen?«

»Es kann genausogut jemand anders gewesen sein«, gab Melanie zu bedenken. »Don war mindestens zwei Stunden von zu Hause weg, als er uns vom Flughafen abgeholt hat, da konnte sich jeder an den See schleichen und an der Cessna rummachen. Die beiden Männer waren vielleicht harmlose Angler.«

»Glaub ich nicht.«

»Aber du kannst nichts beweisen.«

»Wir alarmieren die Polizei, wenn wir wieder in Fairbanks sind, dann werden wir ja sehen. Ich wette hundert zu eins, daß die beiden Kerle an unserer Bruchlandung schuld sind.«

»Dann müssen sie auch ein Motiv haben.«

»Die hatten was gegen Don«, meinte Philip. Er war so aufgeregt, daß er nicht mal die Kälte spürte. »Was weiß ich, was Don für Feinde hatte? Vielleicht gibt es einen Piloten, der ihn nicht leiden konnte. Oder irgendeinen Typen, der im Billiard gegen ihn verloren hatte. In dem Video, das ich neulich gesehen habe, hat ein Mann einen Polizisten gekillt, weil der ihn beim Falschparken erwischt hatte. Es gibt tausend Möglichkeiten, Mann!«

Das stimmte, das mußte auch Melanie zugeben, obwohl sie sich solche Filme kaum ansah. Aber es reichte ja schon, wenn man die Zeitung las. Da standen jeden Tag solche Mordtaten drin. Und im Fernsehen zeigten sie alle paar Minuten, wie jemand einen anderen ermordete, sogar in den Nachrichten und in diesen blöden Reality Shows, die seit einiger Zeit liefen.

»Aber warum haben sie dann gewartet, bis wir auch in der Maschine saßen?« fragte Melanie. »Warum wollten sie, daß wir mit Don abstürzten? Sie hätten ihn doch allein erwischen können.«

»Meinst du, sie hatten es auf uns abgesehen?«

»Unsinn, wir haben doch niemandem was getan«, erwiderte Melanie. »Ist aber trotzdem komisch, daß sie sich ausgerechnet diesen Flug ausgesucht haben.«

»War bestimmt nur ein Zufall«, überlegte Philip laut. »Die wußten wahrscheinlich gar nicht, daß wir mitfliegen. Ich wette, die bekommen einen großen Schrecken, wenn sie hören, daß wir dabei waren und noch am Leben sind. Die haben bestimmt Angst, daß wir wissen, was sie getan haben, und gegen sie aussagen.«

»Wenn es die beiden Männer waren.«

»Sie waren es, das hab ich irgendwie im kleinen Finger.« Er legte sich hin und fuhr erschrocken wieder hoch. »He«, rief er laut, »die wollen uns bestimmt umbringen, wenn sie erfahren, daß wir den Absturz überlebt haben! Die dürfen uns gar nicht am Leben lassen!«

»Du siehst zu viele Actionfilme.«

»Wenn sie denken, daß wir sie erkannt haben und gegen sie aussagen können, müssen sie uns umbringen«, sagte Philip in aufkommender Panik. »Was ist, wenn sie uns auflauern und auf uns schießen? Oder Sprengstoff an unserem Wagen anbringen? Die bringen uns um, Mann, auf einen Mord mehr oder weniger kommt es denen nicht mehr an ...«

»Immer mit der Ruhe«, beruhigte Melanie ihren Bruder. Sie mußte beinahe lachen, weil er sich so in Rage geredet hatte und mehr Angst vor den Männern als vor der Wildnis hatte, obwohl die Bedrohung durch Wind und Wetter viel stärker war. »Wenn es wirklich so wäre, gibt es keinen besseren Platz als diese Schlucht. Hier sind wir sicher vor Verbrechern. Hier kommt keiner so schnell hin.« Sie seufzte. »Und jetzt schlaf.«

Sie legten sich hin und kuschelten sich dicht aneinander. Ihre Körperwärme schützte sie vor dem kalten Wind und der schneidenden Kälte, aber es dauerte lange, bis Philip endlich eingeschlafen war. Melanie schob die Decke weiter über ihn, damit kein Luftzug an seinen Körper kam. Sich selbst schützte sie, so gut es ging, mit dem Rest der Decke und einigen Sträuchern. Sie blickte zum dunklen Nachthimmel und schlief dann ein.

Melanie hat einen Alptraum

Die Cessna kam aus den dunklen Wolken, brauste im Tiefflug durch die Schlucht und landete auf dem nahen See. Eiskaltes Wasser spritzte unter den Schwimmern der Maschine empor. Der bärtige Mann am Ruder bremste sie ab und lenkte sie dicht ans Ufer. Er schaltete die Zündung aus. »Das war einfacher, als ich dachte«, sagte er zu dem Mann mit der Bommelmütze.

»Ich hab dir doch gleich gesagt, du sollst noch starten«, erwiderte Bommelmütze. »Der Mond ist beinahe rund, und ich war mal bei den Marines, da lernst du, einen Feind auch nachts zu sehen. Wo hast du die verdammten Gewehre hingelegt?«

Der Bärtige zeigte nach hinten. »Hinter dir, zwischen den Säcken mit den Klamotten. Gib mir die Mütze und die Handschuhe, okay? Ich hab keine Lust, in dieser Saukälte zu erfrieren.«

»Es wird Winter, das rieche ich.«

»Hast du das auch bei den Marines gelernt?«

»Willst du dich etwa lustig machen über mich?« fauchte Bommelmütze. »Wenn ich zwanzig Jahre älter wäre, hätten sie mich nach Vietnam mitgenommen, und als die Sache am Golf spruchreif wurde, hatte ich ein verdammtes Magengeschwür, sonst hätte ich diesen Hussein ganz allein aufgemischt!«

»Gib mir lieber die Klamotten. Ist die Knarre geladen?«

»Was denkst du denn?« Bommelmütze reichte dem Bärtigen das automatische Gewehr und griff nach seiner eigenen Waffe. Er grinste zufrieden, als er den kalten Stahl fühlte. »Damit erwischen wir sie, darauf kannst du verlassen! Soweit können die gar nicht laufen, daß ich sie nicht vor diese Knarre kriege!«

»Vielleicht sind sie ja doch tot«, überlegte der Bärtige laut. »Von der Cessna ist nicht mehr viel übrig.« Er deutete in die Schlucht hinauf, wo sich die Wrackteile dunkel gegen die von einem schwachen Mond beschienenen Felswände abhoben. »Wenn sie nicht rausgesprungen sind, haben sie bestimmt nicht überlebt.«

»Ich hab schon Pferde kotzen sehen«, sagte Bommelmütze. »Zum Glück haben wir von dem Notsignal erfahren, sonst wären uns die Ranger zuvorgekommen. Der verdammte Kerl hat bestimmt gemerkt, daß wir an der Ölleitung rumgefummelt haben.«

»Möchte wissen, warum er die Kinder mitgenommen hat.«

»Kleiner Ausflug, was sonst?«

»Wir hätten noch einen Tag warten sollen«, meinte der Bärtige, »dann hätten wir es nur mit ihm zu tun. Ich hab keine Lust, zwei kleine Kinder über den Haufen zu schießen. Für so 'ne Schweinerei lynchen sie dich sogar im Knast, das hab ich selber erlebt.«

»Willst du dich etwa noch mal fangen lassen?« fragte Bommelmütze. Er öffnete die Tür und kletterte auf den rechten Schwimmer. »Wenn jemand den Absturz überlebt hat, schießen wir ihn über den Haufen, und wenn's ein verdammtes Kind ist, hast du gehört? Im Krieg kann man keine Rücksicht nehmen.«

»Hoffentlich sind sie tot«, meinte der Bärtige. Er stieg auf der anderen Seite aus dem Flugzeug, sprang auf einen flachen Stein und kletterte ans Ufer. Dort wartete er auf seinen Kumpan.

Bommelmütze grinste, als er festen Boden erreichte. »Operation September« hatte er das Unternehmen getauft und dabei gelacht: »Weil ich mal bei den Marines war und es so gewohnt bin.« Er deutete zu den Wrackteilen. »Da rüber, komm schon!«

Sie rannten wie Soldaten in die Schlucht hinein und gingen hinter dem ausgebrannten Wrack in Deckung. Bommelmütze war durchtrainiert und wirkte hellwach, aber der Bärtige hatte einige Pfunde angesetzt und schnaufte wie ein Walroß.

»Solltest mal ins Fitneßcenter gehen«, lästerte Bommelmütze. »Kannst ja kaum noch die Knarre halten. Siehst du den Kerl?«

»Don Edward? Nee, aber da drüben ist irgendwas!«

»Sieht wie 'n Haufen Steine aus.«

»Ein Grab!« stieß der Bärtige hervor.

Sie rannten zum Grab des Piloten und nahmen die Steine von seinem Gesicht. Im blassen Licht des Mondes wirkte es unheimlich, fast so, als würde sich der Tote gleich erheben und wie ein Zombie durch die Nacht laufen. Sogar Bommelmütze erschauderte.

»Deck ihn wieder zu«, sagte er leise. Er entsicherte sein Gewehr und blickte sich geduckt um. »Das beweist zumindest, daß die Kinder noch am Leben sind. Einer muß ihn ja begraben haben.«

Sie brauchten nicht lange, um die schlafenden Kinder zu finden. Auf leisen Sohlen schlichen sie zu den Felsen, zwischen denen Melanie und Philip in ihrer Decke schliefen. Sie machten einen friedlichen Eindruck.

»Mach du das«, forderte der Bärtige seinen Kumpan auf.

»Hast wohl Schiß?«

»Ich will keine Kinder umlegen, Mann!«

»Willst wohl lieber in den Knast, eh?«

»Ist doch gar nicht gesagt, daß sie was wissen«, gab der

62

Bärtige zu bedenken. »Die können doch 'ne Ölleitung nicht von 'nem Bindfaden unterscheiden. Komm, wir hauen lieber ab!«

»Wenn Don gemerkt hat, daß wir an der Ölleitung rumgebastelt haben, wissen die Kinder auch davon. Oder meinst du, er hat die Sache für sich behalten? Wir müssen sie umlegen, Mann!«

»Schon gut, aber ich bleibe hier.«

»Wenn sie uns erwischen, bist du genauso dran wie ich«, sagte Bommelmütze. »Ich werde sagen, daß du auch geschossen hast.«

»Ich denke, sie erwischen uns nicht.«

»Hast auch wieder recht.« Bommelmütze hatte keine Lust mehr, sich mit seinem Kumpan auseinanderzusetzen, und entsicherte sein Gewehr. »Okay, mach ich's eben alleine.«

Mit der schweren Waffe vor der Brust schlich er zum Nachtlager der Kinder. Er blieb vor der schlafenden Melanie stehen und entsicherte leise das Gewehr. »Hasta la vista!« flüsterte er.

Das Krachen des Schusses riß Melanie aus dem Schlaf. Sie fuhr schweißüberströmt hoch und blickte mit großen Augen in die dunkle Nacht. Es gab keinen Bommelmütze und keinen Bärtigen. Ein Fuchs kauerte vor ihr im Gestrüpp und sprang in panischer Angst davon, als das Mädchen aus seinem Alptraum erwachte.

»Was ist denn?« fragte Philip verschlafen.

Melanie rieb sich den Schweiß von der Stirn. »Nichts«, sagte sie mit zitternder Stimme, »ich habe nur geträumt.« Sie legte sich zurück und wärmte ihren Bruder mit ihrem Körper. »Schlaf weiter.«

Philip drehte sich um und schloß die Augen. Die Aufregung am Nachmittag und der beschwerliche Abstieg in die Schlucht hatten ihn so angestrengt, daß ihm nicht mal der kalte Wind etwas ausmachte, der unter die Decke in seinen Anorak fuhr.

Aber lange hielt man in dieser Kälte nicht durch, auch das hatte Melanie in dem Roman von Jack London gelesen. Irgendwann gewann die Kälte, und dann war man verloren. Noch war die Kälte nicht tödlich. Es gab keinen Schnee und kein Eis, außer auf dem Gletscher, und es mochte höchstens null Grad haben. Aber im hohen Norden wechselte das Wetter schnell, und wenn der Wind auffrischte, konnte die Kälte sie schon jetzt an den Rand des Todes treiben.

Sie blickte zum Himmel empor. Der Mond hatte sich hinter einer Wolke versteckt und verbreitete einen hellen Schimmer. Ein Nachtvogel flatterte über sie hinweg und flog zum See hinunter. Sie schaute ihm nach und hatte Angst, die Umrisse der Cessna auf dem See zu sehen, aber dort war nichts. Auch die Schatten der beiden Männer, die in ihrem Traum aufgetaucht waren, hatten sich verflüchtigt. Das Land lag einsam und leer im Dunkeln.

Melanie schloß erschöpft die Augen. Es war alles so echt in ihrem Traum gewesen, sie hatte die Männer gesehen und ihre Stimmen gehört, und sie konnte die Schurken jetzt noch bis in jede Einzelheit beschreiben. Sie kannte ihre Gesichter, obwohl sie die beiden auf dem See hinter Dons Haus nur undeutlich gesehen hatte, sie kannte ihre Waffen, und sie erinnerte sich an den bösen Ausdruck in den Augen von Bommelmütze, der mit seiner altmodischen Kopfbedeckung wie ein alberner Tourist aussah und doch ein gefährlicher und gefühlloser Killer war. Er hätte sie kaltblütig ermordet, sie und ihren kleinen Bruder. Sie heulte still in sich hinein, beruhigte sich aber bald wieder und rieb sich die Augen trocken.

Ob der Traum etwas zu bedeuten hatte? Waren die beiden Männer, die sie auf dem See gesehen hatten, wirklich Verbrecher? Oder bildete sie sich das nur ein? Hatten die schrecklichen Ereignisse sie verwirrt und ihr einen Alptraum geschickt, der mit der Wirklichkeit nichts zu tun hatte? Irgend jemand mußte sich an der Ölleitung zu schaffen gemacht haben, das hatte Don selbst gesagt. Also gab es auch einen oder mehrere Männer, die es auf das Leben des Piloten abgesehen hatten. Aber wer? Ein Traum war kein Beweis, und niemand konnte ihr sagen, wer die Mörder waren. Die Männer vom See konnten auch harmlose Wanderer sein, die das Abendessen für ihre Familie geangelt hatten.

Sie legte einen Arm um den Körper ihres schlafenden Bruders. Zufrieden spürte sie, wie sich sein Brustkorb regelmäßig hob und senkte. Philip schlief ruhig und wurde nicht von einem blöden Alptraum geplagt. Er würde sich von der Anstrengung des Tages erholen, und wenn er aufwachte, waren die Retter bestimmt schon da. Ihr Vater würde zuerst Philip und dann sie in die Arme schließen und ihnen erzählen, daß die Polizei einen Mechaniker festgenommen hatte. »Er hat manchmal mit Don zusammengearbeitet und war neidisch auf ihn, weil er mehr verdiente.« So oder ganz ähnlich würde sich die furchtbare Geschichte aufklären.

Melanie schloß die Augen und schlief ein. Diesmal kamen keine Verbrecher und bedrohten sie mit einem Gewehr. Sie atmete regelmäßig und schlief bald wieder tief und fest. Als sie drei Stunden später zum zweiten Mal aufwachte, war der Wind daran schuld. Er hatte aufgefrischt und fuhr über ihren ungeschützten Rücken. Sie hatte fast die ganze Decke über ihren Bruder gelegt und spürte die Kälte wie eine schmerzhafte Berührung.

Sie öffnete die Augen und blickte auf ihre Uhr. Es war noch nicht Mitternacht. Der Mond stand jetzt beinahe voll am Himmel, und sie konnte sogar die Sterne sehen. Nirgendwo waren sie so silbern und so klar wie in Alaska, das hatte sie schon vor einem Jahr bemerkt, als ihr Vater einen Nachtausflug mit ihnen gemacht hatte. Ein paar Meilen außerhalb von Fairbanks hatte er den Wagen angehalten, und sie hatten den nächtlichen Sternenhimmel bewundert. Sie hatten sogar eine Sternschnuppe gesehen, und sie hatte sich gewünscht, daß ihrem Vater und ihrem Bruder niemals etwas geschah und daß sie immer eine glückliche Familie blieben. Hatte Gott ihre Bitte nicht gehört?

Sie schälte sich vorsichtig aus der Decke und stand auf. Mit ein paar Freiübungen brachte sie ihren Kreislauf in Gang. Sie massierte ihr Gesicht mit den behandschuhten Händen und zog ihre Strickmütze weit über die Ohren. Wehmütig dachte sie an den letzten Abend zurück, als sie mit Don Edward in seinem gemütlichen Wohnzimmer gesessen und seinen Geschichten gelauscht hatten. Das Bild stand deutlich vor ihren Augen. Das warme Licht, der knisternde Kamin, der goldene Himmel vor dem Fenster. Sie hatte auf dem weichen Teppich gesessen und dem Knacken des Harzes im Feuer zugehört. Sie hatten heißen Grog und heiße Schokolade getrunken, und Don hatte sich spätabends eine Pfeife angezündet. »Ich rauche nur noch ganz selten«, hatte er gesagt, »aber heute abend hab ich's mir verdient.«

Melanie erstarrte mitten in der Bewegung. Sie blickte in die dunkle Nacht und sah plötzlich, wie Don sein Feuerzeug aus der Hosentasche zog, es anknipste und die Flamme an den Tabak hielt. Ein dunkelblaues Feuerzeug mit dem Werbespruch eines großen Supermarktes, daran erinnerte sie sich noch ganz genau. Er hatte es in seiner

Hosentasche gehabt, in derselben Hose, die er auch während des Fluges getragen hatte. »Ein Feuerzeug«, flüsterte sie hoffnungsvoll. »Wir könnten ein Feuer anzünden und würden nicht mehr frieren!« Ihre Stimme wurde vor Aufregung ganz laut.

»Melanie! Ich friere!« jammerte ihr Bruder verschlafen.

»Ich komme gleich wieder«, versprach sie.

»Wo willst du denn hin?«

»Ich geh nur mal austreten«, schwindelte sie ihn an. Sie wollte ihn nicht aus dem wohlverdienten Schlaf reißen und ihm keine falschen Hoffnungen machen. »Ich bin gleich zurück, okay?«

»Beeil dich!« meinte Philip im Halbschlaf.

Melanie huschte davon. Das Glöckchen, das sie sich um den Hals gebunden hatte, bimmelte laut. Sie hielt es fest, bis sie weit genug von ihrem Bruder entfernt war, und blieb zögernd neben einigen Sträuchern stehen. Der kühle Wind wehte ihr entgegen, und sie blickte ängstlich zu den Wolken empor, die sich vor den Mond schoben und die Nacht noch dunkler machten. Sie kam sich wie in einem Horrorfilm vor und mußte ihren ganzen Mut zusammennehmen, um weiterzugehen. Der Nachtvogel, den sie schon einmal gesehen hatte, kehrte vom See zurück und drehte krächzend eine Runde über der Schlucht, bevor er weiterflog.

Ihre Schritte knirschten auf dem gefrorenen Boden, als sie zum Grab des toten Piloten ging. Sie hatte immer noch Angst, daß ihr Traum wahr werden könnte, und atmete erleichtert auf, als sie den Hügel aus Steinen unversehrt vorfand. Die Verbrecher waren nicht in der Schlucht gewesen und hatten den Toten nicht in seiner Ruhe gestört. Es war alles nur ein böser Alptraum gewesen.

Melanie blieb vor dem Grab stehen und holte tief Luft.

Sie fürchtete sich davor, den Piloten auszugraben und in seinen Hosentaschen nach dem Feuerzeug zu suchen. Aber sie mußte es tun. Wenn die Retter sich verspäteten, konnte ein Feuer zwischen Leben und Tod entscheiden. Sie erinnerte sich an eine andere Geschichte von Jack London, die sie gelesen hatte, bevor sie nach Alaska geflogen waren. Ein Mann wurde in der menschenleeren Wildnis vom Winter überrascht und hatte nur noch ein Streichholz, um das lebensrettende Feuer zu entzünden. Sein Kampf gegen die unerbittliche Natur hatte sie bis in den Schlaf verfolgt. Streichhölzer oder ein Feuerzeug, das wußte sie jetzt, waren in der Wildnis des hohen Nordens lebensnotwendig. Ohne Feuer überlebten sie keine zwei Tage, und wenn der Winter hereinbrach, nicht mal zwei weitere Stunden.

Sie machte sich an die Arbeit. Einen Stein nach dem anderen räumte sie von dem Grabhügel. Sie paßte auf, daß sie nicht das Gesicht des toten Piloten abdeckte, denn irgendwie fürchtete sie sich davor, in sein blasses und starres Antlitz zu blicken. Es war schon schlimm genug, seine steifen Beine zu berühren. Sie arbeitete stetig und hielt erst inne, als der mittlere Teil des leblosen Körpers freilag, und sie an seine Hosentaschen kam.

Bevor sie nach dem Feuerzeug suchte, betete sie still. Sie bat Gott, ein Einsehen zu haben, nicht ihretwegen, sondern wegen ihres kleinen Bruders, der mehr Angst hatte als andere Jungen seines Alters und es verdiente, diesen Alptraum zu überleben und heil nach Hause zu kommen. Sie blieb still sitzen und schöpfte Mut, dann griff sie in die rechte Hosentasche des Toten. Sie fand ein gebrauchtes Papiertaschentuch, eine kleine Schraube und den Gutschein eines großen Kaufhauses.

Enttäuscht steckte sie die Sachen zurück. Sie schluckte

ihre Angst hinunter, griff in die linke Tasche und lächelte hoffnungsvoll. Ihre Hand fühlte einen festen Gegenstand. Don war Linkshänder, schoß es ihr durch den Kopf, in Amerika gibt es viel mehr Linkshänder als bei uns. Sie zog den Gegenstand heraus und hielt das blaue Feuerzeug in der Hand. Sie betrachtete es wie einen kostbaren Diamanten. »Bitte, lieber Gott«, flüsterte sie, »laß es funktionieren!« Sie wagte gar nicht daran zu denken, was sie machen sollten, wenn das Feuerzeug nicht angehen würde.

Sie drehte den Rücken gegen den Wind, zog die Handschuhe aus und ließ ihren Daumen über das silberne Rädchen rollen. Nichts. Nur ein paar Funken, aber keine Flamme. Ihre Kehle wurde eng. Sie versuchte es ein zweites und drittes Mal, aber wieder kam keine Flamme aus der kleinen Düse. Sie verstellte das Rädchen, das die Größe der Flamme regulierte, und bewegte ihren Daumen noch einmal. Diesmal schoß eine Flamme aus dem Feuerzeug. Sie seufzte erleichtert und ließ das Feuer wieder ausgehen. Wieviel Gas noch in dem Tank des billigen Feuerzeugs war, wußte sie nicht. Sie zog ihre Handschuhe wieder an.

Sie verstaute das Feuerzeug in ihrer linken Anoraktasche und achtete darauf, daß der Reißverschluß fest verschlossen war. Das kleine Feuerzeug war jetzt wichtiger als alles Geld der Welt. Sie klopfte noch einmal auf die Tasche und machte sich dann daran, die Steine auf den toten Piloten zurückzulegen. »Tut mir leid«, sagte sie leise zu ihrem toten Freund. »Ich hätte früher daran denken sollen.« Sie sprach wieder ein Gebet und legte ihre Hände auf das Grab. »Ich hoffe, du hast es gut, Don!«

Mit neuer Zuversicht kehrte sie zu ihrem Nachtlager zurück. Als sie an dem Flugzeugwrack vorbeilief, glaubte sie, drei dunkle Schatten am Flußufer zu sehen, aber als sie erschrocken stehenblieb und genauer hinblickte, erkannte sie drei kahle Weiden, die sich gespenstisch gegen das blasse Mondlicht abhoben. Sie rannte weiter, das Bimmeln des Glöckchens im Ohr, und weckte ihren Bruder. »Philip! Philip!« rief sie. »Schau mal, was ich gefunden habe!« Sie weinte fast vor Glück.

Philip erwachte aus seinem traumlosen Schlaf und brauchte einige Zeit, bis er erkannte, was geschehen war und wo er sich befand. »Melanie! Was ist denn los? Was hast du denn da?«

Melanie hatte das Feuerzeug aus ihrer Tasche geholt und hielt es triumphierend hoch. »Ein Feuerzeug!« rief sie. »Jetzt brauchen wir nicht mehr zu frieren! Komm, wir machen ein Feuer!«

»Wo hast du das Ding her?«

»Ich hab's bei Don gefunden«, antwortete sie strahlend. »Mir ist eingefallen, daß er gestern geraucht hat. Es war in seiner linken Hosentasche.« Sie lachte. »Schau nur, ein richtiges Feuerzeug!«

»Du hast ihn ausgegraben?«

»Ich hab mich bei ihm entschuldigt«, tröstete sie ihn, »und ich hab noch mal gebetet. Es geht ihm gut, ganz bestimmt!«

Philip stand auf und ließ die Decke fallen. Die Kälte machte ihm nichts mehr aus. Er griff nach dem Feuerzeug und grinste übers ganze Gesicht. »Jetzt kann uns nichts mehr passieren.«

Angst vor dem Grizzly

Die Hoffnung auf ein warmes Feuer verlieh ihnen neue Kraft. Obwohl sie so hoch in den Bergen waren und das Land viel zu kalt für Bäume war, fanden sie genügend Brennmaterial. Vor allem am Flußufer gab es Gestrüpp. Sie schichteten es zwischen den Felsen auf, stopften etwas trockenes Moos unter den Haufen und steckten ihn an. Schützend hielten sie ihre Hände über die kleine Flamme und warteten geduldig, bis das Feuer auf die Zweige übergriff und nach oben loderte.

»He«, freute sich der Junge, »so 'n schönes Feuer hab ich schon lange nicht mehr gesehen! Das ist ja 'n richtiges Lagerfeuer!« Er strahlte seine Schwester an. »So läßt sich's aushalten.«

»Das tut gut.« Auch Melanie war erleichtert.

Sie drehten sich vor dem Feuer hin und her und genossen die angenehme Wärme. Sie hatten genügend Brennmaterial zusammengetragen, um über die nächsten zwei oder drei Stunden zu kommen. Ihre Müdigkeit war wie weggeblasen. Sie schnauften zufrieden und stießen wohlige Laute aus, während die Hitze ihre feste Kleidung durchdrang und die Kälte aus ihrem Körper trieb.

Es war beinahe zwei Uhr. Die schweren Wolken hingen jetzt über der Schlucht, und nur über den Bergen waren die glitzernden Sterne zu sehen. Silbernes Mondlicht floß über die schroffen Felsenhänge und auf den Gletscher. Beim Anblick der kalten Nacht wurde den Kindern bewußt, wie wertvoll das Feuerzeug für sie war. Auch wenn die Retter am frühen Morgen auftauchten, wären sie ohne das Feuer vielleicht unterkühlt gewesen und ernsthaft krank geworden. Ein Feuer bedeutete Leben, so stand es im Geschichtsbuch. Bei den Höhlenmenschen hatte es sogar Kriege deswegen gegeben.

»Noch ein paar Stunden, dann fliegen wir nach Hause!« Philip war guter Dinge. »Meinst du, Papa kommt wirklich mit?«

»Bestimmt«, versprach Melanie, obwohl sie nicht mal sicher war, daß die Retter wirklich am frühen Morgen kamen. »Der läßt alles stehen und liegen, wenn er hört, daß wir abgestürzt sind.«

»Auch eine wichtige Sitzung?«

»Na, klar«, bestätigte sie, »so wichtig kann ein Meeting gar nicht sein. Die reden doch sowieso nur den ganzen Tag. Weißt du noch, was Papa über die Amis gesagt hat? Vor ein paar Wochen, als dieser Börsenkrimi mit Michael Douglas im Fernsehen lief? Die Amis, die haben nur ihre Meetings im Kopf, hat er gesagt, und bevor sie zu arbeiten anfangen, breiten sie bunte Papiere aus und spielen auf ihren Computern, wie kleine Kinder.«

Philip erinnerte sich schmunzelnd. »Stimmt, und wenn einer neues Briefpapier drucken lassen will, fragt er erst mal einen Berater und läßt ein Gutachten erstellen. Das hat er auch gesagt.«

»Dafür soll es in der Schule lockerer zugehen«, sagte Melanie. »Da ist alles viel praktischer, und wenn du im Sport 'ne einigermaßen gute Note hast, bist du schon fast auf dem College.«

»Dann wär' ich weit vorn mit meinem Snakeboard.«

»Ist das auch ein Sport?«

»Und wie«, erwiderte Philip, »es gibt sogar schon Meisterschaften, und in ein paar Jahren sind die Snakeboarder bei den Olympischen Spielen dabei, da gehe ich jede Wette ein. Letzte Woche hätte ich beinahe einen Salto geschafft.«

»Fall bloß nicht auf die Nase!«

»Mit dem Snakeboard bestimmt nicht«, winkte Philip ab, »auf dem Ding steh ich sicherer als auf einem Skateboard, und in der neuen Halfpipe bin ich der Champion, frag die anderen.«

»Angeber!«

»Wenn wir zu Hause sind, zeige ich's dir.«

Melanie warf neues Gestrüpp in die Flammen und lächelte still in sich hinein. Sie freute sich über die gute Laune ihres Bruders. Er schien vergessen zu haben, daß sie allein in der Wildnis waren und es nicht sicher war, ob die Retter auch wirklich kamen. Solange es um sein geliebtes Snakeboard ging, war er fröhlich wie zu Hause auf der Terrasse. Melanie wartete, bis die Flammen an dem Gestrüpp emporzüngelten. Sie war nicht so sportbegeistert wie ihr Bruder. Sie spielte leidlich Volleyball und war eine gute Leichtathletin, aber ein Snakeboard hatte sie nie angerührt. Um ehrlich zu sein, sie fand sie es ziemlich bescheuert, auf den beweglichen Teilen eines Boards zu balancieren und mit halsbrecherischer Geschwindigkeit durch eine halbe Röhre zu rasen.

Sie breitete die Decke neben dem Feuer aus. »Schlaf noch 'ne Runde«, sagte sie, »sonst stehst du morgen früh nicht mal auf den eigenen Füßen. Du willst doch fit sein, wenn Papa kommt, oder?«

»Ich bin aber gar nicht müde.«

»Indianer sind auch nicht müde«, erwiderte sie. »Aber wenn alles friedlich ist, schlafen sie. Um so ausgeschlafener sind sie, wenn ihre Feinde oder wilde Tiere angreifen. Die bekämen ja nicht mal ihr Kriegsbeil hoch, wenn sie die ganze Nacht aufblieben.«

»Einer hält immer Wache«, meinte Philip.

Das hätte Melanie beinahe vergessen. Auch von ihnen

mußte einer aufbleiben und immer wieder Gestrüpp in die Flammen werfen, sonst ging das Feuer aus, und sie froren wieder. Außerdem befanden sie sich mitten in der Wildnis und mußten immer damit rechnen, daß von irgendwoher Gefahr drohte. »Okay«, sagte Melanie, »ich übernehme die erste Wache. Ich wecke dich in zwei Stunden, und um sechs stehen wir beide auf und warten auf die Ranger. Das ist 'ne faire Lösung, einverstanden?«

»Okay«, stimmte Philip zu. »Aber vergiß nicht, mich zu wecken! Ich will auch mal Wache halten.« Er rollte sich in die dünne Decke, zog den Reißverschluß seines Anoraks ein paar Zentimeter herunter und öffnete seinen Schal. »Schade, daß wir keine Knarre haben«, sagte er, bevor er einschlief, »dann könnte ich wie Clint Eastwood am Feuer sitzen und besser auf dich aufpassen.«

Das Mädchen lachte. »Das Glöckchen tut's auch«, sagte sie. »Ich geh langsam auf und ab, dann hält es uns die wilden Tiere vom Leib, okay?«

»Meinetwegen«, erwiderte der Junge schläfrig.

Melanie wartete, bis ihr Bruder eingeschlafen war, dann ging sie ein paar Schritte. Schon wenige Meter vom Feuer entfernt setzte ihr die Kälte zu. Ohne die wohlige Wärme der Flammen wäre Philip bestimmt nicht mehr eingeschlafen, und sie hätten sich eine schwere Grippe geholt. Oder etwas Schlimmeres. Sogar in Hamburg waren im Winter schon Leute gestorben. Sie erinnerte sich an den Bericht über einen Obdachlosen, der unter einer Brücke geschlafen hatte und nicht mehr aufgewacht war.

Sie drehte ihren kalten Rücken zum Feuer und blickte in die Wildnis. Der Vergleich hinkte nicht, sie kam sich wirklich wie ein Indianer vor, der seine Stammesbrüder bewachte, und kniff unwillkürlich die Augen zusammen, um besser sehen zu können. Im Mondlicht sah das Land gespenstisch aus. Die Berge ragten dunkel aus dem Boden, wie die Körper riesiger Tiere, und das leise Rauschen des Flusses klang wie das Flüstern eines geheimnisvollen Wesens, das im Schatten der Wolken lauerte.

Im weiten Umkreis gab es keine Menschen, das hatte Don mehrmals betont. Nicht einmal im Nationalpark, der bei den beiden schneebedeckten Gipfeln begann. Im hohen Norden lebten Eskimos und Indianer, ein paar Ölarbeiter und einige Trapper und Aussteiger, die aus der Stadt geflohen waren und irgendwo in der Wildnis ein Blockhaus gebaut hatten. Der Mensch hatte eine Pipeline und eine lange Straße gebaut, aber das Land hatte sich nicht gebeugt und gehörte immer noch den wilden Tieren.

Sie waren allein, so allein wie noch nie in ihrem Leben. Sie erschauderte, als sie daran dachte. Wenn die Ranger nicht erschienen, konnte es Wochen, sogar Monate dauern, bis sie einen Menschen trafen oder eine Siedlung erreichten. Auch im Sommer blieb das Land menschenleer, und die wenigen Wanderer, die sich in den hohen Norden wagten, verloren sich in der endlosen Weite des Landes. Sie würden hilflos durch die Wildnis irren, ohne Ausrüstung und ohne Nahrung, immer in der Gefahr, in die falsche Richtung zu laufen oder von wilden Tieren angefallen zu werden. Hoffentlich wußten die Ranger, wo sie abgestürzt waren, schoß es ihr durch den Kopf, hoffentlich kam am frühen Morgen die Maschine mit ihren Rettern.

Sie war nicht so zuversichtlich wie ihr Bruder, der fest daran glaubte, daß man irgendwo den Notruf aufgeschnappt hatte. Sie kannte sich nicht mit der Technik eines Flugzeugs aus, aber sie hatte schon oft gelesen, daß Computer ausfielen und Funkgeräte versagten. Was war, wenn das Notsignal nicht mehr durchgekommen war? Was geschah, wenn niemand wußte, daß sie vom Kurs abgewichen waren? Die Suchmannschaften würden zuerst das Land zwischen Fairbanks und Anaktuvuk Pass abfliegen und vielleicht nach zwei oder drei Tagen darauf kommen, daß Don woanders hingeflogen war. Aber wo sollten sie dann suchen?

Der Gedanke jagte ihr einen kalten Schauder über den Rücken, obwohl sie neues Gestrüpp in das Feuer geworfen hatte und die Flammen hell loderten. Die zerklüftete Brooks Range nach den Trümmern eines kleinen Flugzeugs und zwei Kindern abzusuchen war genauso hoffnungslos, wie ein kleines Ruderboot auf dem Atlantischen Ozean oder die berühmte Nadel im Heuhaufen auszumachen. Das Land war zu groß, viel größer, als man sich das beim Anblick der Landkarte vorstellen konnte. Nur wenn man aus einem Flugzeug auf die Wildnis hinabblickte, bekam man eine ungefähre Vorstellung davon, wie riesig es war. Sie dachte an die grenzenlose Wildnis, die sie von der Cessna aus gesehen hatte, und drückte ihrem Bruder und sich noch einmal die Daumen. Die Retter mußten das Notsignal erhalten haben!

Sie ging langsam vor dem Feuer auf und ab. Die Flammen warfen geisterhafte Schatten auf den Boden und leckten an den dunklen Felsen empor. Das brennende Holz knisterte leise. Sie blickte auf ihren Bruder, der fest schlief und im Schlaf sogar lächelte. Wahrscheinlich träumte er davon, mit seinem Snakeboard an den Olympischen Spielen teilzunehmen und eine Goldmedaille zu gewinnen. Oder er dachte an seinen Vater, wie er aus der gelandeten Maschine sprang und ihn in die Arme schloß.

Manchmal kam ihr Philip wie ein Sohn vor, obwohl er nur knapp drei Jahre jünger war. »Das liegt daran, daß du ihm manchmal die Mutter ersetzen mußt«, sagte ihr Vater, wenn sie das Thema darauf brachte. »Wir müssen alle ein bißchen mehr tun, seit Mama nicht mehr bei uns ist.« Ein sanftes Lächeln huschte über ihr Gesicht. Sie sorgte gern für ihren Bruder, auch wenn er sie manchmal ärgerte oder sich vor ihr aufspielte. Er wirkte oft so hilflos. Nur kam sie sich so furchtbar alt vor, wenn sie ihn an der Hand nahm oder ihm einen guten Rat gab.

Sie hielt ihre neue Uhr in den Flammenschein und stellte fest, daß es zehn vor drei Uhr war. Noch über eine Stunde. Sie ging ein paar Schritte und schlug die behandschuhten Hände gegen ihren Körper. Es war kälter geworden, zwei Grad unter Null, schätzte sie bekümmert. Sie blickte auf den See hinab, der nachts noch dunkler und unheimlicher aussah. Der bleiche Mond schwamm auf dem Wasser und verbreitete trübes Licht.

Sie entdeckte einen Schatten am Ufer, der sich langsam bewegte. Sie dachte an die beiden Männer aus ihrem Alptraum und hielt vor Schreck die Luft an, dann fiel ihr ein, daß sie kein Motorengeräusch gehört hatte, und zu Fuß konnten sie schlecht gekommen sein. Vielleicht ein Elch, dachte sie, aber Elche fressen Blätter und halten sich am liebsten im Wald auf. Sie trat aus dem Feuerschein, um besser sehen zu können, und blickte angestrengt in die mondhelle Nacht. Der Schatten war verschwunden. Ich hab mich bestimmt geirrt, dachte sie, das war eine Wolke, die vor dem Mond vorbeigeglitten war. Kein Grund zur Aufregung.

Als sie das nächste Mal zum See hinabblickte, entdeckte sie den Schatten wieder. Er hatte sich weiter in das Mondlicht geschoben, und sie erkannte jetzt deutlich, daß es sich um einen mächtigen Grizzly handelte. Ihr blieb beinahe das Herz stehen. Der Bär trottete langsam am Ufer entlang, gefolgt von zwei kleinen Bären, die sich verspielt balgten. Die Bärenmutter mit den beiden Jungen! Die Bären, die Don gesucht hatte! Sie blickte wie gebannt auf das mächtige Tier, das immer noch ein paar hundert Meter entfernt war, aber plötzlich die Richtung änderte und zwischen den Felsen verschwand. Er kommt auf uns zu, dachte sie.

Sie zwang sich dazu, durch den Schein des Feuers zu laufen. Ihre Ruhe war wie weggeblasen. Sie war nervös und zitterte sogar. Angestrengt versuchte sie sich an alles zu erinnern, was sie über Grizzlys gehört hatte. Sie sind gar nicht so gefährlich, wie manche Leute glauben, erinnerte sie sich, sie fressen Wurzeln und junge Pflanzen und greifen einen Menschen nur an, wenn sie sich bedroht fühlen. Man mußte ihnen nur sagen, daß man in der Nähe war, dann konnte gar nichts passieren. Das Glöckchen mußte bimmeln und dem Bären mitteilen, hier ist jemand, der nichts von dir will und dir nicht in die Quere kommen möchte.

Ihr nervöser Blick durchdrang die Dunkelheit. Die schattenhaften Umrisse der Bären waren verschwunden, und nichts wies darauf hin, daß die Grizzlys in der Nähe waren. Das Glöckchen bimmelte leise. Bären hörten gut und sahen schlecht, oder war es umgekehrt? Sie kam nicht darauf. Auf alle Fälle wittern sie einen Menschen und ein loderndes Feuer, die fremden Gerüche flogen ihnen mit dem Wind zu. Sie hielt einen Finger nach oben und stellte fest, daß der Wind von den Bergen kam und zu der Bärin und ihren Jungen hinunterwehte. Sie mußte längst wissen, daß Menschen in der Nähe waren. Nahm sie jetzt Reißaus, weil sie die Eindringlinge und das große Feuer fürchtete? Oder kam sie näher, um die ungewünschten Zweibeiner zu vertreiben?

Noch zögerte Melanie, ihren Bruder zu wecken. Sie

wollte ihm nicht unnötig Angst einjagen. Sie lief weiter vor dem Feuer auf und ab und blickte angestrengt in die Dunkelheit, um möglichst frühzeitig zu erkennen, ob die Bären in ihre Richtung kamen. Jetzt hätte sie gerne den Revolver gehabt, der in dem Koffer mit der Notausrüstung lag, obwohl sie noch nie eine Waffe in der Hand gehalten hatte und gar nicht wußte, ob sie damit schießen konnte.

Ihr Blick schweifte zum Flußufer und machte eine Bewegung aus. Sie verharrte und blickte genauer hin. Die beiden jungen Bären tollten im Gestrüpp herum. Ihre Mutter war nicht zu sehen. Eines der beiden Bärenkinder rannte vom Ufer weg und blieb erstaunt stehen, als es das lodernde Feuer sah. Das andere kam hinterher und warf sich spielerisch auf seinen Rücken. Sie sahen wie zwei junge Hunde aus, die sich auf einer Wiese balgten, nur ein bißchen größer, aber genauso putzig und genauso verspielt.

Melanie ließ sich nicht täuschen. Wenn du einem Bärenjungen begegnest, laufe davon, stand in den Alaska-Reiseführern, denn die Mutter ist niemals weit und wird furchtbar wütend, wenn du dich an ihr Junges ranmachst. Die kleinen Bären waren noch ungefähr zweihundert Meter entfernt, tollten aber immer weiter über den harten Boden und bewegten sich in ihre Richtung.

Es war höchste Zeit, den jungen Tieren aus dem Weg zu gehen. Melanie beugte sich zu ihrem Bruder hinunter und berührte ihn vorsichtig. »Philip! Aufwachen!« flüsterte sie.

Der Junge reckte sich gähnend. Er hatte fest geschlafen und schön geträumt und wollte nicht aufstehen. »Was ist denn?« jammerte er widerwillig. »Ist es schon vier? Bin ich schon dran?«

»Leise!« mahnte seine Schwester. »Der Grizzly ist da!«

»Der Grizzly?« rief Philip erschrocken. Er fuhr aus der Decke und rieb sich die Augen. »Ich sehe nichts ...«

»Am Flußufer!«

»Ach, das sind nur die Jungen ...«

»Die Mutter hab ich auch schon gesehen!« flüsterte das Mädchen. »Wir müssen so schnell wie möglich verschwinden, sonst greift sie uns an! Die Jungen sind schon zu nahe bei uns!«

Jetzt bekam es auch Philip mit der Angst zu tun. »Wo willst du denn hin?« fragte er leise. »Wenn wir auf den Pfad rennen, holt sie uns bestimmt ein! Bären können schneller rennen als wir, das hat Don gesagt. Selbst ein Weltrekordler könnte nicht vor einem wütenden Grizzly davonrennen!«

»Ich weiß«, erwiderte Melanie, »aber Grizzlys können nicht klettern. Wir müssen in die Felsen rauf, wenigstens ein Stück!«

»Da kommen wir nie hoch!«

»Nur ein paar Meter! Komm!«

Die Jungen waren bis auf fünfzig Meter herangekommen und blieben abwartend im Feuerschein stehen. Verwundert beobachteten sie, wie die Kinder davonrannten und versuchten, die Felsen hinaufzuklettern. Melanie krallte ihre linke Hand in den bröckelnden Stein und streckte ihre rechte nach Philip aus, der rasch nachkam und schnaufend stehenblieb, als sie einen Felsvorsprung erreichten. Sie waren ungefähr drei Meter über dem Boden, und es gab keine Möglichkeit, weiter nach oben zu steigen. Der nächste Vorsprung war zu weit entfernt, und sie wären bei dem Versuch, ihn zu erreichen, unweigerlich abgestürzt. Sie waren gefangen, konnten nur darauf hoffen, daß der Grizzly zu klein war, um sie zu erreichen.

Unter ihnen polterte es. Der mächtige Leib der Mutter schälte sich aus der Dunkelheit, und ihnen wurde bewußt, daß die Bärin sie entdeckt hatte. Erst jetzt sahen sie im Flammenschein, wie groß und gefährlich sie war, wie sich ihre Fellhaare sträubten und wie sie mit den Augen rollte. Mit einer unwirschen Geste scheuchte sie ihre Jungen beiseite. Ihr Maul öffnete sich, und ihre scharfen Zähne blitzten gefährlich im schwachen Licht, als sie sich fauchend gegen Melanie und Philip wandte. Sie lief ein paar Schritte vor, brüllte furchterregend und lief dann direkt auf sie zu.

»Papa!« rief Philip in Todesangst.

Melanie hielt ihren Bruder fest. Sie wichen in panischer Angst zurück und preßten sich gegen die Felswand. Entsetzt verfolgten sie, wie der Grizzly bis dicht an den Felsvorsprung herankam und sich zu seiner vollen Größe aufrichtete. Seine mächtige Tatze fegte aus der Dunkelheit heran, und seine Krallen schabten über den nackten Stein. Sein Brüllen ließ die Felsen erzittern.

»Geh weg! Geh weg!« rief Philip.

»Hilfe!« schrie Melanie.

Noch einmal griff der Grizzly an. Dann erkannte er, daß er keine Chance hatte, die Kinder von dem Felsvorsprung zu holen, und ließ wütend von ihnen ab. Er verschwand in der Dunkelheit.

Der Alptraum wird wahr

Melanie und Philip blieben auf dem Felsvorsprung. Die Bären waren längst verschwunden, aber sie hatten immer noch Angst und wagten nicht, sich zu bewegen. Noch stand nicht fest, ob der Grizzly wirklich das Weite gesucht hatte. Er konnte sich immer noch in der Nähe aufhalten und darauf warten, daß sie von dem Felsen kletterten. Sie zitterten vor Entsetzen, wenn sie an das weit geöffnete Maul und die scharfen Zähne dachten.

Das Feuer war längst heruntergebrannt, und der eisige Wind hatte die wohlige Wärme aus ihren Kleidern getrieben. Sie standen wie zwei verlorene und verängstigte Schafe auf dem Felsvorsprung und waren den eisigen Temperaturen hilflos ausgesetzt. Ängstlich starrten sie in die Dunkelheit, suchten nach den drohenden Schatten, die irgendwo in der arktischen Nacht auf sie warteten.

»Meinst du, er ist weg?« fragte Philip zaghaft.

»Keine Ahnung«, antwortete Melanie.

Sie blieben schweigend stehen, bis die Kälte kaum noch auszuhalten war. Dann kletterten sie langsam von dem Felsen hinunter. Ihre Finger waren klamm, und sie waren vor Angst immer noch so gelähmt, daß sie nur mühsam Halt fanden. Die letzten Meter rutschten sie einfach über den kalten Stein. Melanie kam mit beiden Beinen auf und hielt ihren Bruder fest, der gestolpert war und ansonsten kopfüber gestürzt wäre. Sie umarmte ihn, und so blieben sie sekundenlang in der Kälte stehen.

»Scheißbär!« fluchte Philip leise, als sie sich endlich voneinander lösten. »Ich dachte schon, er hätte uns erwischt.«

»Sie«, verbesserte Melanie. »Das war eine Bärin.«

»Ist doch egal! Auf jeden Fall hätte sie uns beinahe gefressen! Hast du ihr großes Maul gesehen? Und die scharfen Zähne? Die hat richtig gesabbert, als sie uns nachgestiegen ist!«

»Sie wollte ihre Jungen beschützen.«

»Mir doch egal!«

Melanie berührte das Glöckchen. »Wenn sie Angst um ihre Jungen haben, dann nützt auch so ein Glöckchen nichts.« Sie blickte ihn an. »Hast du dir weh getan?«

»Ich bin okay. Und du?«

»Nur ein paar Schrammen.«

»Meine rechte Hand tut ein bißchen weh, aber sonst ist alles okay«, sagte der Junge, »halb so schlimm, ich hatte ja die Handschuhe an.« Er schnaufte tief. »Verflucht, hatte ich eine Angst!«

»Das war knapp, was?«

»Ziemlich«, sagte Philip. Die Angst fiel jetzt wie eine schwere Last von ihm, und er kicherte sogar. »Den haben wir ganz schön abgehängt, was? Mann, wenn du den nicht gesehen hättest ...«

»Ein wachsamer Indianer sieht alles«, prahlte sie.

»Gib's zu, das war reine Glückssache!«

»Ein bißchen«, meinte sie lächelnd.

Die Kinder traten an das niedergebrannte Feuer und wärmten sich an der schwachen Glut. Sie hielten ihre Hände über das glimmende Holz und dachten an die mächtige Bärin und ihre zwei Jungen, die irgendwo durch die Dunkelheit streiften. Von dem Felsvorsprung, auf dem sie gestanden hatten, löste sich polternd ein Stein, und sie zuckten unwillkürlich zusammen.

»Nur ein Stein«, meinte das Mädchen erleichtert.

»Meinst du, sie ist wirklich weg?« fragte Philip. Seine Erleichterung war wie weggeblasen, und er spürte schon wieder, wie die Angst kalt unter seinen Anorak kroch. Er blickte sich nervös um.

»Die ist weg«, beruhigte Melanie ihren Bruder, obwohl sie selber nicht sagen konnte, woher sie das so genau wußte. »Ich glaube, die Bärin hat sich genauso erschrokken wie wir.«

»Na, ich weiß nicht ...«

»Sonst wäre sie bestimmt nicht so schnell verschwunden«, sagte Melanie. »Die hatte bloß Angst um ihre Jungen, das war alles. Du hättest die Elefanten im Zoo sehen sollen. Das waren die friedlichsten Tiere, solange alles in gewohnten Bahnen lief, aber wenn Nachwuchs kam, hielt selbst der Wärter auf Abstand, und ich durfte nicht mal ins Gehege rein. Das ist wie bei den Menschen, da reagieren die Mütter auch empfindlich, wenn ihren Kindern jemand zu nahe kommt.« Sie schluckte verlegen, als sie am Gesichtsausdruck ihres Bruders merkte, daß er an ihre tote Mutter dachte.

Sie starrten beide in die Glut, und Erinnerungen kamen in ihnen hoch. Viele Bilder waren schon verblaßt, aber einige standen immer noch deutlich vor ihren Augen. Melanie wußte noch genau, wie ihre Mutter immer gelacht hatte, wenn das Ohnsorgtheater im Fernsehen gelaufen war. Volksstücke hatte sie am liebsten gesehen. Oder die Hafenrundfahrt an Melanies siebten Geburtstag. Ihrer Mutter war so schlecht geworden, daß sie sich beinahe übergeben hätte. Und Philip wußte noch, wie sie gelacht hatte, als er mit einer Eistüte in der Hand gestolpert und ins Gras gefallen war. Komisch, daß er sich ausgerechnet daran erinnerte.

»Meinst du, sie sieht uns jetzt?« fragte er.

»Mama?«

»Meinst du, es ist so, wie Papa sagt? Daß sie uns sehen

84

kann, wenn die Sterne so hell leuchten wie heute nacht?«

»Bestimmt«, antwortete sie.

»Die Jungen in meiner Klasse sagen immer, daß ich spinne, wenn ich so was sage. Wenn man tot ist, ist man tot, sagen sie, dann liegt man im Sarg, und die Würmer fressen einen auf.«

»Das sagen die doch nur, um dich zu ärgern«, antwortete Melanie. Sie blickte zum Himmel und suchte sich einen besonders hellen Stern aus. »Ich wette, sie sitzt auf dem Stern da oben, trinkt ihren Espresso und schaut auf uns herab.« Sie zeigte ihrem Bruder den hellen Stern und bemerkte, daß seine Augen feucht waren.

»Hallo, Mama«, sagte er leise.

Melanie suchte neues Gestrüpp zusammen und schichtete es über die niedergebrannten Zweige. »Hilf mir«, forderte sie ihren Bruder auf. »Wir brauchen ein neues Feuer, damit uns die Ranger sehen, wenn ihre Maschine über die Schlucht fliegt. Das Gestrüpp muß ordentlich qualmen, dann bemerken sie uns auch am Tag.«

»Ist es schon Morgen?« fragte der Junge.

»Kurz nach sechs«, antwortete sie, »es wird bald hell. Die fliegen bestimmt los, wenn die Sonne aufgeht. Du kennst doch Papa, der ist viel zu ungeduldig, um lange zu warten. Der ruht nicht eher, bis sie losfliegen und nach uns suchen. Mach schon!«

Sie zündeten ein neues Feuer an und wärmten sich an den hochzüngelnden Flammen. Melanie holte die Thermosflasche, und sie teilten sich einen Becher heißen Tee. Das war ihr einziges Frühstück, denn beide hatten zu viel Angst, um zum Flußufer zu laufen und Beeren zu sammeln. Sie wollten nicht noch einmal der Bärin begegnen.

»Jetzt können wir nur noch warten«, sagte Melanie, als

sich die ersten hellen Streifen am Horizont zeigten und die Nacht vom düsteren Zwielicht des hohen Nordens abgelöst wurde. Die Sonne zeigte sich als weißer Fleck am Horizont und schmolz hinter dem feinen Nebel, der vom See und den Flüssen aufstieg.

»Jetzt fliegen sie bestimmt von Fairbanks ab«, meinte Philip erleichtert. In Gedanken beobachtete er, wie zwei Ranger in einen Hubschrauber stiegen und sein Vater sich auf den Rücksitz zwängte. Er sah sehr besorgt drein, und Philip wollte ihm zurufen, daß alles in Ordnung war, daß sie sogar den Angriff eines wütenden Grizzlys abgewehrt hatten und an einem großen Feuer auf ihn warteten. »Es geht uns gut, Papa! Beeil dich!« Er merkte gar nicht, daß er laut gesprochen hatte, und sagte: »Die nehmen bestimmt einen Hubschrauber, damit können sie überall landen.«

»Ein Hubschrauber wäre am besten«, stimmte Melanie zu.

»Ich bin noch nie mit einem Hubschrauber geflogen«, sagte ihr Bruder. »Papa wollte uns mal auf einen Rundflug mitnehmen, an meinem zehnten Geburtstag, weißt du noch? Aber dann war das Wetter so schlecht, und wir konnten nicht starten.«

»Ich weiß«, erinnerte sie sich, »das war am Tag vor dem Hochwasser.« Sie lachte. »Na, jetzt kannst du umsonst fliegen.«

Eine Stunde verging, und kein Hubschrauber ließ sich blicken. Auch ein Flugzeug tauchte nicht auf. Der Himmel blieb grau und leer, und das Knistern des Feuers war das einzige Geräusch. Sie warfen ständig neues Gestrüpp in die Flammen, auch feuchtes Holz, damit es ordentlich qualmte und die Ranger sie leichter finden konnten. Der Rauch brachte sie zum Husten, aber das machte ihnen nichts aus. Hauptsache, die Retter kamen bald und sie konnten ihren Vater in die Arme schließen.

»Jetzt müßten sie jeden Augenblick hier sein«, sagte Melanie. Sie war von der Zuversicht ihres Bruders angesteckt worden und blickte wie gebannt in den grauen Dunst, der über dem Gletscher und den Bergen hing. »War da nicht was? Ein Brummen?«

Sie lauschten angestrengt, aber nichts geschah. Sie waren allein in der Schlucht, und meilenweit war nichts zu sehen und zu hören. Nur einmal, als ein Windstoß über den Gletscher fuhr und sich ein Eisbrocken löste, gab es ein knackendes Geräusch. Irgendwo zerplatzte Eis, und kleine Brocken kullerten zu Tal.

»Nichts«, meinte Philip enttäuscht. Er warf wütend einen Zweig ins Feuer und schaute trotzig zum Himmel. »Jetzt ist es doch hell genug«, schimpfte er, »jetzt könnten sie wirklich bald kommen!«

»Vielleicht ist das Notsignal ungenau«, meinte das Mädchen.

»Blödsinn, die Dinger sind doch hochmodern! Die irren sich nicht! Die zeigen genau an, wo wir sind.« Er blickte in die Felsen hinauf, dorthin, wo irgendwo das Funkgerät liegen mußte.

Melanie folgte seinem Blick. »Und wenn es sich bei dem Aufprall verändert hat? Könnte doch sein. Dann zeigt es vielleicht einen anderen Kurs an, und es dauert noch ein paar Stunden, bis sie uns finden. Wir müssen Geduld haben, Philip!«

»Funkgeräte sind robust«, wußte der Junge, obwohl er noch nie eins in der Hand gehalten hatte. Aber er erinnerte sich an einen Katastrophenfilm, in dem war eine umgebaute DC-3 über einer Südseeinsel abgestürzt, und das Funkgerät war sogar in der glühenden Lava eines Vulkans heil geblieben. In solchen Filmen wurde viel Unsinn verbreitet, das wußte er auch, aber ein bißchen Wahres war bestimmt dran. »Das Ding ist in Ordnung«, sagte er.

»Und wenn es sich ausgeschaltet hat?« fragte Melanie. Sie wollte ihrem Bruder keine Angst machen, brachte es aber nicht fertig, ihre Befürchtungen für sich zu behalten.

»Dann war immer noch Zeit genug, das Signal aufzuschnappen«, behauptete er. »Die haben doch einen Computer, der so was sofort verarbeitet und weiterleitet. Der notiert genau, wo wir sind. Wäre doch gelacht, wenn sie uns nicht finden würden!«

Das sagte Melanie sich auch, aber tief in ihrem Inneren nagte die Angst, daß die Ranger keine Ahnung hatten, wo sie waren, und die Suchmannschaften die Wildnis ergebnislos nach ihnen durchkämmten. Auch sie sah ihren Vater: Er saß in einem der Flugzeuge und sank immer mehr in sich zusammen. Das konnte Tage und Wochen so gehen, und irgendwann würden sie die Suche aufgeben, und in der Zeitung würde eine kleine Notiz stehen. *Buschpilot und zwei Kinder immer noch vermißt! Retter haben keine Hoffnung mehr! Suche aufgegeben! Vater der Kinder kehrt nach Deutschland zurück!*

Ihr wurde beinahe schlecht, als sie die Schreckensmeldung vor ihrem geistigen Auge sah. Mach dich nicht verrückt, brachte sie sich zur Vernunft, sie wissen bestimmt, wo wir stecken. Noch ein paar Minuten, dann hören wir den Hubschrauber. Auch wenn sie nur ungefähr wissen, wo wir sind, das Feuer sehen sie garantiert.

Es wurde immer heller. Die Sonne vertrieb den morgendlichen Dunst und gewann den Kampf gegen die dunklen Wolken. Blaue Flecken wurden am Himmel sichtbar, und die arktische Kälte verflog. Zwei Grad über Null, mindestens, dachte Melanie. Sie reckte ihr Gesicht der Sonne entgegen. So sah die Welt schon ganz anders aus, sogar der See wirkte jetzt freundlich, und die Tundra leuchtete braun. Ein Tag, wie ihn Wanderer und Angler und Jäger liebten.

Und Suchmannschaften! Verflixt, dachte sie, einen besseren Tag, um uns zu suchen, bekommen sie nicht mehr! Warum tauchen sie nicht auf? Sie schlug die Hände gegeneinander und stieg unruhig von einem Bein auf das andere. »Mist!« fluchte sie.

»Wieviel Uhr ist es?« fragte Philip ungeduldig.

»Zwanzig nach neun.«

»Sie müßten längst hier sein!«

»Die kommen noch«, versprach Melanie. »Komm, wir zählen leise bis hundert, dann kommen sie über die Berge, wetten?«

»Die kommen nicht.«

»Eins, zwei, drei, vier ...«

»Das ist doch Blödsinn«, wehrte Philip ab.

»... fünf, sechs, sieben ...«

Jetzt zählten beide, erst langsam, dann immer schneller, als sprächen sie eine Zauberformel, die das Flugzeug der Retter über die Berge zwang. »... dreiundfünfzig, vierundfünfzig ...«

Sie ließen sich nicht aus der Ruhe bringen. Nicht einmal der Adler, der über den Bergen seine Kreise zog und leise krächzte, störte sie. Die Zahlen wurden zu einer magischen Formel, die alles andere verblassen ließ und neue Hoffnung brachte.

»... achtundsiebzig, neunundsiebzig ...«

Der Wind trug ein leises Brummen heran. Die Kinder zählten weiter, stockten dann und führten einen wahren Freudentanz auf, als sie die kleine Maschine über den Bergen entdeckte. Eine Cessna, so groß wie ihre, die hoch über dem Gletscher in eine Linkskurve ging und genau auf die Schlucht und das Feuer zuhielt. Das Brummen war jetzt deutlich in der klaren Luft zu hören.

»Sie kommen! Sie kommen!« rief Melanie.

»Ich hab's doch gesagt«, jubelte Philip. »Die lassen uns nicht im Stich! Die wußten genau, wo wir sind! Papa, he, Papa! Bist du in dem Flugzeug? Komm, wir laufen ihnen entgegen!«

Bevor Melanie ihren Bruder zurückhalten konnte, war er schon davongerannt. Er sprang über einen kleinen Felsbrocken und stürmte am Ufer des Flusses entlang zum See.

»Philip! Philip! Komm zurück!«

Melanie rannte ihrem Bruder nach. Sie erwischte ihn am Anorak, und sie fielen beide in das feuchte Gras. Philip rutschte in einen Strauch, und die Zweige schlugen ihm ins Gesicht.

»He, was soll das?« beschwerte er sich.

»Warte!« forderte Melanie ihren Bruder auf. Sie wußte nicht, warum sie plötzlich Angst bekam, aber irgend etwas stimmte nicht. Irgend etwas war faul mit dem gelben Flugzeug. Sie dachte verzweifelt nach, dann fiel es ihr ein. Die Cessna sah genauso aus wie die Maschine in ihrem Alptraum! Auch das kleine Flugzeug, aus dem die Schurken gestiegen waren, war gelb gewesen. Ein blöder Zufall, sagte sie sich, aber es war aus derselben Richtung gekommen und an derselben Stelle gelandet.

Sie hielt ihren Bruder fest, der immer noch wütend war, und sagte: »Du weißt doch gar nicht, wer das ist! Das können auch die Schurken sein, die du auf dem See gesehen hast!«

»Ach, nee!« meinte Philip grinsend. »Ich dachte, das waren nur harmlose Angler! Woher sollen die denn wissen, wo wir sind?«

»Sie haben vielleicht das Funksignal aufgeschnappt«, überlegte Melanie. »Oder sie wollen nachsehen, ob wir auch wirklich tot sind. Vielleicht sind sie auf gut Glück losgeflogen! Wenn sie die Ölleitung zerschnitten haben, wissen sie doch ungefähr, wo wir abgestürzt sind. Sie haben das Feuer gesehen.«

»Das ist ja 'ne ganz neue Leier«, meinte ihr Bruder. Er verstand nicht, warum seine Schwester plötzlich Angst hatte, und blickte sie verwundert an. »Weißt du irgendwas, was ich nicht weiß?«

»Ich hab geträumt«, gab sie kleinlaut zu. »Ich hatte einen Alptraum. Ich hab gesehen, wie der Typ mit der Bommelmütze und der Bärtige aus einem gelben Flugzeug stiegen und mit großen Gewehren zu unserem Feuer kamen. Sie wollten uns erschießen! Einfach so! Die wolten uns kaltblütig ermorden!«

Philip wurde unsicher. Er hatte noch nie erlebt, daß sich seine Schwester vor einem Traum fürchtete. Sie war eher praktisch veranlagt und hatte es nicht so mit übernatürlichen Dingen. Erst neulich hatte sie sich über eine Lehrerin lustig gemacht, die auf Esoterik stand und ständig was von seltsamen Steinen faselte, die man nur in die Hand zu nehmen brauchte, um irgendwelche Geister zu sehen. Warum gab sie jetzt was auf einen Alptraum? Das sah ihr gar nicht ähnlich.

»Okay, okay«, gab er klein bei. »Dann warten wir eben, bis sie aus dem Flugzeug gestiegen sind. Dann werden wir ja sehen, ob du recht hast. Aber wehe, du willst mich nur verarschen!«

»Bleib flach liegen!« Melanie drückte ihren Bruder mit der flachen Hand nach unten und beobachtete gespannt, wie die Türen der gelben Cessna aufgingen. Zwei Männer mit automatischen Gewehren stiegen aus.

Jetzt bekam es auch Philip mit der Angst zu tun. »Ach, du Scheiße!« fluchte er erschrocken. »Das sind wirklich die Typen vom See!«

»Sie wollen uns umbringen!« flüsterte Melanie.

In ihrer Panik achteten sie nicht darauf, daß Bommelmütze und der Bärtige weitreichende Gewehre hatten und sie mit zwei gezielten Schüssen töten konnten. Nur weg hier, dachten sie verzweifelt. Sie sprangen auf und rannten zu den Felsen.

Auf Leben und Tod

So schnell waren Melanie und Philip noch nie ihrem Leben gerannt. Die Angst trieb sie auf den schmalen Pfad, der zu der Absturzstelle hinaufführte. Es war ihnen ganz egal, ob die Schurken sie entdeckten, sie wollten nur weg, irgendwo in den Bergen untertauchen, außerhalb der Reichweite der tödlichen Gewehre.

Ihre Füße berührten kaum den gefrorenen Boden. Sie blickten sich nicht um, sahen nicht einmal nach vorn, sie rannten, als gäbe es nur das eine Ziel, so schnell wie möglich das Ende des Pfades zu erreichen. Keuchend kamen sie bei der ersten Biegung an. Sie atmeten erleichtert auf, als sie einen großen Felsen zwischen sich und die Verfolger gebracht hatten, und blieben einen Augenblick stehen. Melanie band sich das Glöckchen ab und steckte es in ihre Tasche, dann atmeten sie tief durch und rannten weiter. Kalter Wind trieb ihnen entgegen.

Hintereinander stürmten sie den Pfad hinauf. Schon nach wenigen Metern bereuten sie, diesen Weg genommen zu haben, obwohl er in zahlreichen Windungen nach oben führte und sie vor den Augen der Schurken verbarg. Aber der Aufstieg würde über drei Stunden dauern, und es gab keine Möglichkeit, den Pfad zu verlassen. So lange waren sie noch nie gerannt, nicht mal beim Sportfest in der Schule. Wenn sie nicht durchhielten oder die Verfolger eine größere Ausdauer hatten, waren sie verloren.

»Schneller!« rief Philip. Er war der bessere Läufer und rannte ein paar Meter vor seiner Schwester. »Beeil dich!«

»Ich komm ja schon!« keuchte Melanie.

Sie kamen an die nächste Biegung und sahen sich nach den Schurken um. Bommelmütze und der Bärtige waren nicht zu sehen, nicht einmal zu hören, aber sie waren fest davon überzeugt, daß sie dicht hinter ihnen waren. Der See war nur ein paar hundert Meter entfernt, und sie mußten längst den Pfad erreicht haben. In Melanies Alptraum hatten sie wenige Minuten bis zum Feuer gebraucht, und das brannte knapp fünfzig Meter neben dem schmalen Weg. Sie mußten dicht hinter ihnen sein.

Unbeirrt stürmten sie weiter. Der Boden war hart gefroren, und ihre Stiefel trommelten über die feste Erde und das Eis, das an manchen Stellen zu sehen war. Permafrost nannten die Wissenschaftler diese Erscheinung. Im hohen Norden von Alaska blieb der Boden ab einer bestimmten Tiefe immer gefroren. Während ihrer letzten Reise nach Alaska hatten sie einen Ausflug nach Nome gemacht, und dort hatte ein Eskimo ihnen das Phänomen erklärt. »Wir brauchen uns keinen Kühlschrank zu kaufen«, hatte er gesagt, »wir graben einfach ein Loch in die Erde.«

Der Weg war steil, sehr steil sogar. Das erkannten die Kinder erst jetzt. Beim Runterlaufen hatten sie nicht darauf geachtet, da hatten sie nur an den toten Piloten gedacht, und der Schock nach der Bruchlandung hatte ihnen noch zu tief in den Gliedern gesessen. Erst jetzt sahen sie, wie steil und kurvenreich der Pfad war und wie lange es dauern würde, das Felsplateau zu erreichen. Selbst ein Marathonläufer hätte sich schwergetan, die ganze Strecke ohne Pause durchzulaufen, aber wenn die Kinder zu lange rasteten, gerieten sie in die Schußlinie der Schurken, und wenn die nur halb so gemein waren wie in dem Alptraum, kannten sie keine Gnade. Dann erschossen sie auch Kinder. Sie hasteten weiter den Weg hinauf.

Melanie hatte zu ihrem Bruder aufgeschlossen. Sie hatte ihren Rhythmus gefunden und rannte mit großen Schritten den Weg hinauf. Die Sonne spiegelte sich auf dem

schmutzigen Eis des Gletschers und zauberte helle Flek-
ken auf das Felsplateau, das weit über die Schlucht ragte.
In Melanies Kopf jagten sich die Gedanken. Wenn sie es
schafften, vor den Schurken nach oben zu kommen, konnten sie im zerklüfteten Hinterland untertauchen und ihnen vielleicht entkommen. Aber soweit war es noch nicht.

Zuerst mußten sie die Absturzstelle erreichen. Auf dem
schmalen Pfad gab es kein Zurück mehr, und es blieb
ihnen nichts anderes übrig, als möglichst schnell die Stei-
gung zu erklimmen. An nichts anderes denken, nur auf
diese eine Aufgabe konzentrieren, mechanisch einen Fuß
vor den anderen setzen und immer nur laufen und laufen.
So konnten sie es schaffen. Nicht an die Verfolger denken,
nicht darüber nachsinnen, wie man ihnen auf dem Plateau
entkommen könnte. So machten es die Motivationskünst-
ler, und in einer Talkshow auf dem Sportkanal hatte
Melanie im Vorbeigehen gehört, daß sich auch Marathonläufer auf diese Weise zum Durchhalten zwangen. »Wenn
ich laufe, denke ich nicht«, hatte der Sportler gesagt,
»dann laufe ich nur.«

Sie rannten eine halbe Ewigkeit, dann mußten sie ste-
henbleiben, um Luft zu holen und neue Kraft zu schöpfen.
Sie hielten sich aneinander fest und blickten auf den
Boden. Ihr Atem ging keuchend. Sie waren nicht in der
Lage, etwas zu sagen, und brauchten zwei oder drei Mi-
nuten, bis sie wieder klar denken konnten.

»Weiter!« forderte Philip sie auf.

Melanie folgte ihrem Bruder, der immer noch gut bei
Kräften war. Er konnte es schaffen. Aber auch sie durfte
nicht aufgeben. Allein hatte Philip keine Chance in dieser
Einöde. Sie konnten nur zusammen überleben. Sie spürte,
wie die Sorge um ihren Bruder neue Kräfte freisetzte und
sie den Pfad weiter nach oben trieb. Wenn alles stimmt,

was ich geträumt habe, dachte sie, haben wir es nur mit einem Mann zu tun. Der Bärtige war viel zu behäbig und würde schon nach wenigen Metern aufgeben. Außerdem hatte er Skrupel. Er wollte keine Kinder erschießen.

Der Pfad führte jetzt nach links, und sie erreichten eine Ausbuchtung, von der aus sie in die Schlucht hinabblicken konnten. Sie erwarteten nicht, die Männer dort zu sehen, die mußten längst auf dem Pfad sein, höchstens fünfhundert Meter hinter ihnen. Zumindest Bommelmütze. Der Schurke mit der albernen Mütze hatte bestimmt noch keine Pause eingelegt. Fünfhundert Meter, entschied Melanie kühn. Wenn sie schnell genug gerannt waren und viel Glück hatten. Dann sah sie die beiden Männer.

»Philip!« rief sie aufgeregt. Ihr Bruder war schon losgerannt und hatte einen kleinen Vorsprung. »Philip! Komm zurück!«

»Spinnst du? Was ist denn los?«

»Die Männer! Sie sind noch unten!«

»In der Schlucht?« Philip kehrte um und blickte ungläubig nach unten. Neben dem Feuer, das bis auf ein paar lodernde Zweige heruntergebrannt war, standen Bommelmütze und der Bärtige, die Gewehre schußbereit erhoben. »Was ist denn in die gefahren?« rief er ungläubig. »Warum verfolgen die uns nicht?«

»Keine Ahnung«, erwiderte Melanie.

Die Schlucht lag ungefähr siebzig Meter unter ihnen, aber ein großer Felsen, der wie ein mächtiger Turm aus dem schroffen Hang wuchs, verdeckte den Beginn des Pfades und einen Teil des Flusses. Die Männer standen wie erstarrt neben dem Feuer und richteten ihre Gewehre auf ein unsichtbares Ziel.

»Möchte wissen, was die haben«, meinte Philip.

Melanie zuckte mit den Schultern. »Da muß noch jemand sein. Vielleicht ein Wanderer, der zufällig in die Gegend gekommen ist. Aber wieso haben sie dann solche Angst? Schau nur, die stehen da wie die Ölgötzen. Warum schießen sie nicht?«

Die Antwort war ein lautes Knurren, das den Kindern einen kalten Schauder über den Rücken trieb. Der Grizzly! Die Bärenmutter war zurückgekehrt und bedrohte die beiden Männer. Sie kam aus dem Schatten der Felswand und lief fauchend auf sie zu. Nach ein paar Metern blieb sie in aufrechter Haltung stehen. Jetzt sahen die Kinder auch die Jungen, die sich von den Zweibeinern nicht stören ließen und am Flußufer herumtollten.

»Mann!« stieß Philip erschrocken hervor.

Melanie sagte gar nichts. Sie dachte mit Schrecken daran, daß der Grizzly die ganze Zeit in ihrer Nähe gewesen sein mußte, und wurde blaß. Ein zweites Mal wären sie der wütenden Bärin bestimmt nicht entkommen. Diesmal hatte sie sich unbemerkt zum Lagerplatz geschlichen und sogar die Männer überrascht.

»Das ist die Rettung!« erkannte Philip erleichtert. »Jetzt ist unser Vorsprung groß genug! Die holen uns bestimmt nicht mehr ein!«

»Ich weiß nicht«, sagte Melanie. Sie glaubte nicht daran, daß sie es schon geschafft hatten.

»Entweder schlägt der Bär ihnen den Schädel ein, oder sie erschießen das Biest«, erwiderte Philip. Und bis dahin sind wir längst über alle Berge! Schau doch, wir haben schon fast die Hälfte hinter uns!«

Normalerweise hätte Philip vor Angst gezittert. Er wurde schon nervös, wenn er ein wildes Tier im Zoo oder im Zirkus sah. Aber die wütende Bärin war weit entfernt. Es gab keine Möglichkeit mehr für das Tier, sie einzuholen, und auch die beiden Schurken waren aus dem Rennen.

Sein Selbsterhaltungstrieb wischte alle anderen Gedanken beiseite und schützte ihn davor, beim Anblick der Schurken und des aufgebrachten Bären die Nerven zu verlieren. Die Szene kam ihm beinahe unwirklich vor, wie aus einem Horrorfilm, bei dem er genau wußte, daß alles nur gestellt war.

Ähnlich erging es Melanie. Sie wollte weiterlaufen, den grausamen Geschehnissen entfliehen, aber eine unerklärliche Kraft zwang sie zum Bleiben. Sie beobachtete das aufregende Bild wie eine unbeteiligte Reporterin. Ihre Blicke schweifte zwischen der Bärin und den beiden Männern hin und her, und sie wartete gespannt darauf, daß irgend etwas geschah. Vor lauter Schreck hielt sie den Atem an.

»Worauf wartest du noch?« rief der Bärtige. »Schieß doch endlich!« Er war nicht in der Lage, den Abzug selbst durchzuziehen.

Bommelmütze war gefährliche Situationen gewöhnt und schien sie sogar auszukosten. Wie in Alabama, während seiner Ausbildung zum Marine, als er wie ein Boxer um den verhaßten Sergeant rumgetänzelt war und erst zugeschlagen hatte, als sein Gegner schon an einen leichten Sieg geglaubt hatte. Er hatte dreißig Tage Bau dafür bekommen, aber das hatte ihm nichts ausgemacht. Es machte ihm Freude, einen Gegner zu verhöhnen.

»Abwarten, Fatso«, sagte er zu dem Bärtigen, »so einen Burschen mußt du mit der ersten Kugel erledigen. Ich lasse ihn ganz nahe herankommen, und dann brenne ich ihm das Blei auf den Pelz.« Er lachte heiser und entsicherte geräuschlos sein Gewehr.

Der Grizzly hatte noch nie erlebt, welchen Schaden eine Feuerwaffe anrichten kann, und glaubte sich im Vorteil. Er machte sich nicht einmal die Mühe, die beiden Zweibeiner direkt anzugreifen, und beschränkte sich auf einige Drohgebärden. Er hatte in den Morgenstunden viel gefressen und war zu müde, um die beiden Männer wirklich zu attackieren. Er rannte einige Schritte auf sie zu, riß seinen Rachen auf und wich wieder zurück. Das höhnische Lachen des Zweibeiners hörte er nicht.

Bommelmütze war sicher, die Bärin mit der ersten Kugel zu erledigen, und genoß seine Überlegenheit. »Na, was ist, du blödes Vieh!« rief er dem Grizzly entgegen. »Hast du Angst?«

»Mach keinen Scheiß!« warnte Fatso ihn. Auch er hatte sein Gewehr entsichert und war entschlossen, zu schießen, wenn die Bärin auch nur die geringsten Anstalten machte, sie anzugreifen. Dann war es ihm egal, ob Bommelmütze wütend wurde. Er hatte keine Lust, von dieser Bestie in die Mangel genommen zu werden. Eher ließ er sich von seinem Kumpan zusammenschlagen.

»Nicht schießen!« warnte Bommelmütze leise. Er hatte dieses seltsame Flackern in den Augen, das seinen Kameraden bei den Marines immer verraten hatte, wenn er eine Schweinerei plante. Einmal hatte er einen Schwarzen krankenhausreif geschlagen, weil er zu laut gesungen hatte, ein andermal hatte er sich auf einen jungen Burschen gestürzt, der auf einem Gewaltmarsch zu weinen angefangen und nach seiner Mutter gerufen hatte. »Ich mag keine Muttersöhnchen!« hatte er seinem Captain beim anschließenden Verhör gesagt. Ein Psychologe hatte sich ausführlich nach seinen Familienverhältnissen erkundigt und später in der Personalakte vermerkt: *Private First Class Jonathan B. Schmitt litt jahrelang unter der Feigheit seines Vaters, der während des Vietnamkriegs nach Kanada floh und einige Jahre später bei einer Schlägerei ums Leben kam. Er wuchs mit vier älteren Schwestern bei seiner Mutter auf*

und gleicht seine intellektuelle Unterlegenheit durch auffäl-
liges Macho-Gehabe aus.

Schmitt brannte direkt darauf, seine Fähigkeiten in einem Krieg unter Beweis zu stellen, und er rastete immer noch aus, wenn er Bilder vom Golfkrieg im Fernsehen sah. In Kuweit wäre er gern dabeigewesen. Seit er wegen einer blöden Lappalie, wie er es nannte, von den Marines entlassen worden war, fand er kaum noch eine Gelegenheit, sich auszutoben. Als Berufsverbrecher wurde er nur selten gefordert. Auch dieser Auftrag kam ihm läppisch vor, obwohl die Kinder noch am Leben waren und sicher schon einen großen Vorsprung hatten. Aber das machte ihm nichts aus. Sobald er die Bärin erledigt hatte, würde er sich um die Bälger kümmern. »Geh zur Seite, Fatso!« fauchte er seinen Kumpan an.

Der Bärtige wich ein paar Schritte zurück. In diesem Augenblick verfluchte er den Tag, an dem er sich mit Schmitt zusammengetan hatte. Immer gerieten sie in Schwierigkeiten, sogar wenn sie nach einem Job in eine Bar gingen und sich bei einigen Bierchen von dem Streß erholten. Schmitt brachte es jedesmal fertig, sie in eine Schlägerei zu verwickeln.

Schon einmal hatte Fatso sich geschworen, eigene Wege zu gehen, aber er war natürlich wieder auf den ehemaligen Marine hereingefallen. So wie vor fünf Jahren, als er ihn zum ersten Mal getroffen hatte, an einer einsamen Tankstelle in Alabama. Die Szene war typisch gewesen. Fatso hatte sich die Kasse der Tankstelle unter den Arm geklemmt und war in den Anführer einer Motorradbande gelaufen, die zufällig vorbeigekommen war. Schmitt war aus seinem Ford Mustang gestiegen, ganz der lässige Marine, hatte eine 475er Magnum gezogen und die Speichen aus den Rädern der Harley Davidson geschossen. »Steig ein«, hatte er gesagt, »du siehst aus, als könntest du einen Schluck gebrauchen.« Seit damals arbeiteten sie zusammen, und Fatso fuhr nicht schlecht dabei. Schmitt kannte alle möglichen Leute, die gute Aufträge verteilten, und er verdiente immerhin dreißig Prozent. Dafür nahm man auch ein blaues Auge in Kauf.

Aber einem wütenden Grizzly waren sie noch nie begegnet. »Ich hab ja gleich gesagt, wir sollen nicht nach Alaska gehen«, hatte Fatso sich beschwert, als sie gesehen hatten, daß der Pilot nur mit den Kindern in die Cessna stieg. »Die Sache hätten wir auch sauberer lösen können, ohne den verdammten Absturz.«

»Ist nicht mehr zu ändern«, sagte Schmitt. »Wenn du ein Marine wärst, würdest du nicht dauernd jammern. Im Krieg müssen Opfer gebracht werden, und das hier ist ein verdammter Krieg! Sind wir vielleicht auf die Idee gekommen, den Kerl umzubringen? Die großen Bosse waren es, die Herren in ihren teuren Anzügen. Sie wollen, daß wir ihre Schmutzarbeit erledigen, hab ich recht?«

»So ungefähr ...«

»Na, also«, fuhr Schmitt ihm über den Mund, »dann hör endlich auf, hier rumzuweinen. Wo gehobelt wird, fallen Späne. Wir erledigen unseren Auftrag, und damit basta. Egal, wie.«

»Ich dachte ja nur«, warf Fatso ein.

»Wir werden auch gut dafür bezahlt, oder?« Schmitt lächelte kaum sichtbar. »Verlaß dich auf mich, Fatso, dann läuft alles wie geschmiert, auch wenn wir mal einen kleinen Fehler machen.«

»Schon gut, Schmitt.«

So endeten ihre Diskussionen immer. Schmitt behielt die Oberhand und behandelte ihn wie einen dummen Rekruten – und wenn er sich seine Rede noch so gut zurechtlegte. Ihm blieb nichts anderes übrig, als zu resignieren und Schmitt in die nächste Schlacht zu folgen. Es war wie in einem Krieg, da hatte er schon recht.

Die Gedanken quälten Fatso und lähmten seinen Entscheidungswillen. Er wußte ganz genau, daß er der Bärin hilflos ausgeliefert war, wenn sein Kumpan danebenschoß. Er hatte schon zu lange gewartet und fühlte, daß er zu schwach war, um das seltsame Spiel von Schmitt mitzumachen. Er wollte kein Risiko eingehen. Wenn eine Gefahr auftauchte, mußte sie beseitigt werden, und zwar gleich. Es machte keinen Sinn, sich auf einen Kampf auf Leben und Tod mit einem Grizzly einzulassen.

Melanie und Philip hatten keine Ahnung, was in den Männern vorging. Ihr Blick hing an der Bärin, die sich suchend nach ihren Jungen umblickte und fauchend den Kopf hob. Aus dem Stand ging sie zum Angriff über. Ihre Lefzen hingen herunter, und die Zähne blitzten im Sonnenlicht. Ihr Brüllen jagte sogar Schmitt einen Schrecken ein und ließ Fatso zu Stein erstarren. Er war nicht mehr fähig, den Abzug zu betätigen, und vergaß sogar zu atmen.

Die Bärin tauchte vor den Männern auf. Sie stellte sich auf die Hinterbeine, und ihre Pranken sausten auf Schmitt herab. Es gelang ihm gerade noch rechtzeitig, auf die Bärin zu schießen. Sein automatisches Gewehr ratterte, und er beobachtete zufrieden, wie der Grizzly mitten im Angriff innehielt und stöhnend zu Boden ging. Das Tier brach zusammen und hauchte sein Leben aus.

Flucht durch die Wildnis

Schon als der Grizzly zu Boden stürzte, rannten die Kinder weiter. Ihr Vorsprung war groß, aber sie wollten kein Risiko eingehen. Sie mußten so schnell wie möglich das Felsplateau erreichen und dann ins zerklüftete Hinterland laufen. Sie würden sich einen Unterschlupf suchen, möglichst eine Höhle, und warten, bis die beiden Männer aufgaben und aus den Bergen verschwanden.

Keuchend hasteten sie den Pfad hinauf. Sie wußten nicht, ob sie schon verfolgt wurden, aber die Schurken würden bestimmt nicht lange brauchen, bis sie sich von ihrem Schreck erholt hatten. Der Mann mit der Bommelmütze war ein harter Knochen. Er hatte kaltblütig gewartet, bis die Bärin ihn angegriffen hatte, und war nicht einen Meter zurückgewichen.

Sie erschauderte, als sie an das gemeine Grinsen des Mannes dachte. Selbst aus der Entfernung hatte sie die Kaltblütigkeit des Schurken gespürt. Er würde keine Sekunde zögern, ihren Bruder und sie zu erschießen. Er war ein Mensch ohne Skrupel, der sich über jeden lustig machte, der etwas Gefühl zeigte. So wie über den Bärtigen. Auch den konnte sie nicht leiden, immerhin arbeitete er mit Bommelmütze zusammen, aber er machte keinen so brutalen Eindruck, und sein Gesicht war voller Angst gewesen, als der Grizzly sich erhoben und sie angegriffen hatte. Das hatte sie sogar aus der Entfernung gesehen.

Melanie blieb atemlos stehen und rang nach Luft. Nur laufen und an nichts anderes denken, das klappte bei ihr nicht. Die Gedanken jagten sich in ihrem Kopf, und es war ihr unmöglich, sie einfach abzuschalten und nur noch einen Fuß vor den anderen zu setzen. Sie dachte an ihren

Alptraum. Seltsam, wie das alles übereinstimmte. Die Schurken waren in einer gelben Cessna gekommen, sie waren auf dem See gelandet, und sie besaßen die automatischen Gewehre, die sie auch im Traum gesehen hatte. Bommelmütze war genauso hart wie der Mann, der sie nachts erschreckt hatte, und auch der Bärtige entsprach ihrer Vorstellung. Nur das letzte und schlimmste Bild stimmte nicht. Bommelmütze war nicht am Feuer erschienen und hatte nicht auf sie geschossen. Ihr Bruder und sie waren noch am Leben.

Aber ihre Lage hatte sich verschlechtert. Die Ranger waren nicht erschienen. Sie befanden sich allein in der menschenleeren Wildnis, und es bestand wenig Hoffnung, daß die Retter sie bald aufspürten. Bommelmütze und der Bärtige waren immer noch hinter ihnen her. Sie wußten nicht, wo sie sich befanden, und sie hatten keine Ahnung, ob es einen Weg nach Hause gab. Selbst wenn sie den Schurken entkamen, waren sie noch lange nicht in Sicherheit, und ihre einzige Chance war, daß die Verfolger enttäuscht aufgaben, nach Fairbanks flogen und dort von der Polizei geschnappt wurden. Eigentlich nur ein Hoffnungsschimmer, denn es stand selbst dann nicht fest, daß die Männer klein beigaben und die Ranger zu der Absturzstelle führten.

»Wir müssen weiter, Melanie!« schreckte Philip sie aus ihren quälenden Gedanken. »Ich glaube, die beiden verfolgen uns. Ich hab gesehen, wie sie auf den Weg gerannt sind!«

Melanie starrte ihren Bruder an und sah die Angst in seinen Augen.

»Ich komme ja schon«, sagte sie.

Sie beobachtete zufrieden, mit welcher Leichtigkeit ihr Bruder den steilen Pfad hinaufrannte, und lief hinter ihm her. Ihre Beine waren schwer geworden. Ihre Atemzüge kamen schneller, und sie merkte, daß ihre Kraft ständig nachließ. Sie gehörte zu den besten Leichtathletinnen ihrer Klasse und lief auf den kurzen Strecken sogar einigen Jungen davon. Beim Tausend-Meter-Lauf landete sie im Mittelfeld, aber auch nur, wenn sie einen guten Tag hatte. Heute hatte sie keinen guten Tag. Die Sorgen lasteten schwer auf ihren Schultern und hinderten sie daran, zu ihrem Bruder aufzuschließen. Philip ging fast jeden Tag schwimmen und war viel ausdauernder als sie.

»Beeil dich!« rief Philip während des Laufens. Er machte sich Sorgen um seine Schwester und drehte sich immer wieder nach ihr um. »Mach jetzt bloß nicht schlapp! Wir sind bald oben!«

Jetzt ist Philip mein Anführer, dachte sie, auf dem Pfad ist er der Stärkere. Er läuft schneller, und er hält länger durch. »Lauf weiter!« rief sie ihm zu. »Ich hol dich schon wieder ein!«

Natürlich blieb der Junge doch stehen. Er wartete geduldig, bis seine Schwester nachgekommen war. Sie konnten nur überleben, wenn sie zusammenblieben. Das spürte er instinktiv. Allein hatte keiner von ihnen die geringste Chance, den Schurken zu entkommen und in dieser unendlichen Wildnis zu überleben. Aber auf dem Pfad fühlte er sich beinahe unbesiegbar. »Gleich haben wir es geschafft!« rief er Melanie zu.

Als sie das Felsplateau erreichten, waren sie sofort wieder dem Wind ausgesetzt, der vom Gletscher herabwehte und eisige Kälte über die Felsen trieb. Sie blieben keuchend stehen und warteten, bis sie wieder bei Atem waren, und schauten nervös auf den Pfad hinunter. Eine ganze Salve von Schüssen peitschte plötzlich zu ihnen herauf, aber die Kugeln schlugen in den Schnee, ohne einen von ihnen zu treffen. Sie gingen schnell in Deckung, und Melanie schloß ihren Bruder tröstend in die Arme.

»Sie haben auf uns geschossen«, flüsterte er fassungslos. »Die haben wirklich auf uns geschossen!« Sein Selbstbewußtsein war wie weggewischt, als er merkte, daß sie immer noch in höchster Gefahr schwebten. »Wir müssen hier weg, schnell!«

Melanie übernahm wieder die Führungsrolle. »Die sind noch weit hinter uns«, tröstete sie ihren Bruder, obwohl auch sie wußte, daß sie keine Zeit mehr verlieren durften. Sie nahm Philip an der Hand und rannte mit ihm über das Felsplateau. Sie stemmten sich gegen den kühlen Wind und suchten verzweifelt nach einem Weg aus der tödlichen Falle. Irgendwo zwischen den Felsen mußten sie sich verstecken, damit Bommelmütze sie nicht mit seinem Gewehr erreichte. Der Schurke kannte keine Skrupel und schoß sogar auf wehrlose Kinder!

»Warum gibt's hier auch keinen Wald!« schimpfte Philip. »Zwischen den Bäumen könnten wir gut untertauchen, da würden sie uns nie finden. Weißt du, wie wir uns mal vor Papa versteckt haben?«

»Wir sind viel zu hoch«, erwiderte Melanie. »Hier gibt's nur Felsen und Gestrüpp. Hier wachsen kaum Bäume. Siehst du irgendwas?«

»Da drüben ist ein Weg, der führt in die nächste Schlucht hinunter.«

»Den hab ich schon gesehen, als wir aus der Cessna gesprungen sind«, sagte sie, »da können wir nicht runter. Der liegt viel zu offen da. Eine Garbe aus seinem Gewehr, und wir sind weg.«

Er zeigte nach Osten. »Und was ist da drüben? Sieht wie ein Pfad aus. Wenn wir Glück haben, geht es da in die Berge hinein ...«

Sie rannten an der Absturzstelle vorbei und stellten fest, daß Philip recht hatte. Eigentlich war es kein Pfad, eher ein schroffer Abhang, der mit Geröll übersät war und in ein Labyrinth von kantigen Felsen überging. Zwischen den grauen Steinen war fester und trockener Boden, und an manchen Stellen schaute das blanke Eis aus dem Erdreich hervor. Hinter dem Felsengewirr war ein Paß sichtbar, der zwischen steil aufragenden Gipfeln die Sonne durchließ und wie ein rettender Weg in die Freiheit aussah. Das Licht wirkte wie ein Hoffnungsschimmer.

»Okay«, sagte Melanie. Sie erkannte, daß sie nur über diesen Paß entkommen konnten, und rannte los. Ihren Bruder zog sie an einer Hand hinterher. »Beeil dich! Wir müssen in den Felsen sein, wenn die Kerle auftauchen! Dort verstecken wir uns.«

Die Hoffnung, den Schurken entkommen zu können, weckte neue Kräfte in dem Mädchen. Sie war sich wieder ganz stark der großen Verantwortung bewußt, die sie für ihren Bruder hatte, und war fest entschlossen, die Männer hinter sich zu lassen. Sie mußten die gemeinen Kerle abhängen, auch wenn sie dann noch lange nicht in Sicherheit waren. Sie mußten es einfach schaffen!

Sie erreichten den Gletscher und spürten die grimmige Kälte, die von dem schmutzigen Eis ausging. Es leuchtete blau und weiß und grau in der Sonne, die jetzt hoch am Himmel stand, aber wenig gegen den kalten Wind ausrichten konnte. Sie rannten an dem riesigen Eisfeld entlang und stiegen über das Geröll zu dem Felsenlabyrinth hinunter. Halb stolperten sie, halb rutschten sie den Abhang hinab, und nur ihren dicken Handschuhen war es zu verdanken, daß sie sich beim Abstützen nicht die Hände aufrissen. Sie kamen schnaufend unten an und rannten so schnell wie möglich hinter den nächsten Felsbrocken.

Erleichtert erkannten sie, daß sie kaum Spuren hinterlassen hatten.

»Weiter!« drängte Melanie.

Sie stürmten wie zwei Bergziegen durch das Labyrinth. Das Heulen des Windes, der sich zwischen den Felsen verfing, begleitete sie auf dem beschwerlichen Weg nach unten. Sie sprangen über den gefrorenen Boden und stützten sich mit den Händen an dem grauen Stein ab. Die Angst vor den Verfolgern trieb sie voran. Zum Glück haben wir die richtigen Schuhe angezogen, dachte Melanie, mit Turnschuhen kämen wir hier nicht weit.

Hinter einem besonders großen Felsen blieben sie stehen. Sie spähten vorsichtig nach oben und erkannten die beiden Schurken, die am Rand des Felsplateaus aufgetaucht waren und suchend in das weite Tal hinabblickten. Der Wind wehte zu den Kindern herunter, und sie verstanden jedes Wort der Männer.

»Verdammt! Sie sind weg!« schimpfte Fatso wütend.

»Unsinn!« erwiderte Bommelmütze scheinbar gleichgültig. »So schnell waren sie nun auch wieder nicht. Die sind bestimmt noch in der Nähe. Hast du das Fernglas mitgenommen?«

Fatso lief rot an. »Das hab ich vergessen.«

»Das sieht dir ähnlich!« erwiderte Schmitt ärgerlich. »Bei den Marines hätten sie dir dreißig Tage aufgebrummt, mindestens!«

»Ich hab's im Flugzeug gelassen.«

»Da liegt es gut«, lästerte Schmitt. »Jetzt weiß ich, warum dir dauernd die Frauen weglaufen. Du vergißt ständig ihre Namen!« Er hielt die Bemerkung für einen guten Witz und lachte laut.

»Die letzte war einen ganzen Monat bei mir!«

»Aber nur, weil du die meiste Zeit nicht zu Hause warst

108

und sie mit anderen Männern ausgehen konnte.« Er lachte wieder und deutete mit dem Gewehr auf das Felsenlabyrinth. »Siehst du irgendwelche Spuren? Ich denke, du warst mal bei den Pfadfindern und kannst besser Spuren lesen als jeder Irokese?«

Fatso ging nicht auf den Vorwurf ein. Er wußte genau, daß Schmitt eher wütend auf sich selbst war, weil er die Kinder auf dem Pfad nicht erwischt hatte. Wenn er sich selbst nicht leiden konnte, ließ er seinen Frust an seinen Kumpanen aus. Dann stichelte er so lange, bis der andere die Nerven verlor und er einen Grund hatte, ihm die Visage einzuschlagen. Fatso war zu lange mit Schmitt zusammen, um darauf noch reinzufallen.

Geduldig schluckte er die Demütigungen hinunter. Noch dieser eine Job, schwor er sich, dann nehme ich den Zaster und verschwinde. Ich suche mir eine heiße Braut und ziehe nach Nebraska oder Kansas, irgendwohin, wo man mich nicht kennt. Und wenn ich wieder bei McDonald's arbeiten und die blöden Hamburger verkaufen muß. Ich brauche diesen Streß nicht! Er holte tief Luft. »Da sind keine Spuren«, sagte er, nachdem er den Boden untersucht hatte.

»Dachte ich mir«, erwiderte Schmitt grinsend, »diese Bälger sind wirklich gerissen. Die glaubten wohl, wir stürmen sofort den Hang runter, weil man sich dort so gut verstecken kann!« Er lachte schallend. »Aber so haben wir nicht gewettet, meine Lieben! Ich weiß genau, wo ihr seid!« Er stieß seinen Kumpan mit dem Gewehrlauf an und sagte: »Komm schon, ich weiß, wo die verdammten Bälger sind! Auf so einen Trick falle ich nicht rein!«

Fatso erkannte, daß Schmitt die Verfolgung genoß. Er freute sich regelrecht darüber, daß die Kinder schlauer waren, als er gedacht hatte. Nur wenn er einen gleichwertigen Gegner vor sich hatte, lief er zur vollen Form auf. So wie in Seattle, als er den chinesischen Drogendealer auf dem Frachter verprügelt hatte.

Fatso würde sich niemals daran gewöhnen. »Meinst du, sie haben den anderen Pfad genommen? Den breiten, der in die andere Schlucht führt?«

»Ich glaube was ganz anderes«, sagte Schmitt. »Ich glaube, die Schlauberger halten sich hier oben versteckt und rennen denselben Weg zurück, den sie gekommen sind. Das glaube ich.«

»Nie und nimmer«, erwiderte Fatso ungläubig.

Die Antwort des ehemaligen Marine verstanden die Kinder nicht mehr. Sie waren auch nicht daran interessiert. Ihnen reichte, was sie gehört hatten. Die Schlauberger hatten sich selber ausgetrickst und brauchten bestimmt noch lange, bis sie die Wahrheit erkannten. Sie wollten nicht dabeisein, wenn es soweit war. Wahrscheinlich bekam Bommelmütze einen solchen Wutanfall, daß er seinen Kumpan in die nächste Schlucht warf.

»Cool!« freute sich Philip. »Jetzt kriegen sie uns nie!«

Melanie war nicht so optimistisch, erkannte aber die Gunst der Stunde. »Nichts wie weg!« sagte sie zu ihrem Bruder. Sie rannten zwischen den Felsen davon, erreichten einen Hohlweg und kletterten im Schutz steiler Felswände zu dem Paß hinauf. Sie hatten keine Ahnung, wie hoch sie in den Bergen waren, aber auf den Steinen lag Schnee, und es war bitterkalt. Auch die Sonne, die immer noch am Himmel stand, wärmte sie kaum.

Drei Stunden später verharrten sie schnaufend auf der Paßhöhe und blickten zu dem Felsplateau zurück, auf dem sie die Bruchlandung gehabt hatten. Es schien etliche Kilometer hinter ihnen zu liegen, und als sie die Augen gegen die blendende Sonne zusammenkniffen, sahen sie zwei dunkle Gestalten, die nervös über die Felsen rannten, immer wieder stehenblieben und ratlos in die Tiefe starrten. Einmal wehte ihnen der Wind genau ins Gesicht, und sie glaubten zu hören, wie Bommelmütze seinen Kumpan mit üblen Kraftausdrücken verfluchte, aber das konnten sie sich auch eingebildet haben. Der Wind wurde immer heftiger, und sie verzogen sich in eine Felsnische, wo sie den Wind und die Kälte nicht so spürten. Melanie hatte sich das Glöckchen wieder um den Hals gebunden.

»Wir haben sie abgehängt«, meinte Philip erleichtert. »Selbst wenn sie uns sehen, holen sie uns nicht mehr ein.«

»Die haben wir ausgetrickst«, freute sich auch Melanie.

Dann blickten sie in die andere Richtung, und ihnen wurde auf grausame Weise klar, daß sie viel gewonnen, aber auch viel verloren hatten. Ihre Chancen, der Wildnis zu entkommen, waren auf den Nullpunkt gesunken, auch wenn sie die Schurken erst mal abgehängt hatten. Sie hatten gegen die wichtigste Regel verstoßen, die man nach einer Bruchlandung in der Wildnis befolgen mußte. Sie hatten das Wrack verlassen, und die Ranger würden nicht wissen, wo sie nach ihnen suchen sollten, wenn sie auf das ausgebrannte Flugzeug stießen. Sie irrten ziellos in einer menschenleeren Wildnis herum, ohne Nahrung und ohne Ausrüstung, und wußten nicht, was sie als nächstes tun sollten.

Vor ihnen lag eine majestätische Bergwildnis. Die schneebedeckten Gipfel erhoben sich aus dem zerklüfteten Land und warfen dunkle Schatten. Das Sonnenlicht spiegelte sich auf den weiten Eisfeldern, und die grauen Felsen waren zwar wunderschön anzusehen, wirkten aber zugleich auch kalt und abweisend. Es kam immer auf den Blickwinkel an. Aus der Luft hatten sie die menschenleere Natur bewundert, waren sie tief beeindruckt von den gewaltigen Bergen gewesen, aber jetzt war die Natur ihr Feind, und sie erschauderten bei demselben Anblick.

»Das ist die Brooks Range«, sagte Melanie ehrfürchtig. »Siehst du das viele Eis? Wir sind schon nördlich des Polarkreises!«

»Und wo liegt Fairbanks?« fragte Philip schüchtern.

Melanie deutete nach Süden. »Da hinten, auf der anderen Seite des Yukon River. Da kommst du nur mit einem Flugzeug hin. Das sind ein paar hundert Meilen. Aber da drüben ...« Sie deutete nach Osten. »... muß irgendwo die Pipeline sein. Erinnerst du dich noch? Wir haben sie doch vom Flugzeug aus gesehen.«

»Ungefähr eine Stunde, bevor wir abgestürzt sind.«

»Sie läuft von Norden nach Süden«, erklärte Melanie, »und den Highway, über den früher nur die Laster der Ölgesellschaft fahren durften, haben sie vor einiger Zeit dem Verkehr freigegeben. Den Dalton Highway benutzen sogar Touristen. Da gibt es kleine Orte und sogar einen Truckstop, das hab ich auf der Landkarte gesehen.« Sie seufzte leise. »Hätte ich das blöde Ding doch bloß mitgenommen, dann würden wir vielleicht herausbekommen, wie weit der Highway von hier entfernt ist.«

»Viel zu weit«, meinte Philip mutlos. »Weißt du noch, wie weit wir nach Westen geflogen sind? Mindestens eine halbe Stunde. Eine halbe Stunde mit dem Flieger, das sind mindestens hundert Meilen! Wer weiß, wie weit die Straße von unserem Kurs entfernt war! Nee, wir müssen uns was anderes einfallen lassen!«

Melanie versuchte, hoffnungsvoll dreinzusehen. »Wir laufen nach Osten«, meinte sie aufmunternd, »das ist auf keinen Fall falsch. Vielleicht begegnen wir einem Trapper, oder wir finden die Hütte eines Jägers. Irgendwie kommen wir schon durch. Weiter unten ist das Wetter besser, da gibt es frische Beeren, und in den Flüssen schwimmen Forellen. So schnell verhungern wir nicht.« Sie klopfte mit beiden Händen auf ihre Anoraktaschen. »Wir haben noch heißen Tee, und wir haben das Feuerzeug. Wir kommen durch, das verspreche ich dir!« Sie griff nach seiner Hand und trat in den eisigen Wind hinaus. Erst jetzt fiel ihnen auf, daß sie die Wolldecke in der Schlucht liegengelassen hatten.

Schnee in den Bergen

Am späten Nachmittag schlug das Wetter um. Ein stürmischer Wind trieb dunkle Wolken über die Berge und brachte den Winter. Die Sonne verkümmerte und leuchtete nur noch an den Wolkenrändern. Die Temperaturen sanken unter den Gefrierpunkt. Die Luft roch nach Schnee, und der heulende Wind verriet den Kindern, daß es noch schlimmer kommen würde.

»Ein Sturm!« versuchte Melanie, den Wind zu übertönen. »Wir müssen uns einen Unterschlupf suchen! Wenn wir hier oben in einen Schneesturm kommen, sind wir ziemlich übel dran!«

»Schnee? Ich denke, es ist Herbst!« rief Philip erschrocken.

»Nur ein Kälteeinbruch«, erwiderte sie, »morgen früh scheint bestimmt wieder die Sonne. Hast du nicht den Reiseführer gelesen? Da stand doch drin, daß das Wetter in Alaska unberechenbar ist. Das wechselt alle paar Tage, vor allem in den Bergen.«

Die Kinder stemmten sich gegen den stürmischen Wind. Sie hatten den Paß längst hinter sich gelassen und befanden sich in einem langgestreckten Tal, das von schneebedeckten Bergriesen eingerahmt wurde. Am Ende des Tales erstreckte sich ein grüner Gletschersee. Der Boden war hart und felsig, und außer ein paar Sträuchern gab es kaum Vegetation. Es gab keine vorgezeichneten Wege. Vor ihnen ragte eine schiefergraue Steinplatte wie die Schneide einer gewaltigen Axt aus dem Boden.

»Da vorn, unter der Felsplatte!« rief Melanie in den Wind. »Da können wir uns unterstellen. Bleib dicht bei mir, okay?«

Philip griff nach der Hand seiner Schwester. Die hohen Berge, die bis in den Himmel ragten, und der heulende Wind machten ihm angst. So schnell wechselte das Wetter zu Hause nie. Vor einer Stunde hatte noch die Sonne geschienen, und er hatte sogar daran gedacht, seinen Anorak zu öffnen, aber jetzt war tiefer Winter, und es fehlte nur noch der Schnee. Dann sah es wie auf dem Poster aus, das bei Don Edward im Wohnzimmer hing. *Arktischer Winter* stand unter dem Foto aus dem Denali Park.

Sie stiegen über einen Hügel und blickten sich noch einmal nach den Verfolgern um. Von Bommelmütze und dem Bärtigen war nichts zu sehen. Lediglich ein Habicht zog über dem Tal seine Kreise und suchte krächzend nach einer Beute.

»Die sind bestimmt umgekehrt«, meinte Philip. »Wenn sie Grips haben, sind sie in ihre Cessna gestiegen und nach Hause geflogen. Oder meinst du, die haben Vorräte mitgenommen?«

Daran hatte Melanie noch gar nicht gedacht. Wenn die Männer kein wetterfestes Zelt, keine Schlafsäcke und keine Vorräte mitführten, waren sie in dieser Wildnis genauso schlimm dran. »Ich hab nichts gesehen. Kein Rucksack, nicht mal eine Umhängetasche. Nee, ich glaube, die haben noch weniger dabei als wir.«

»Nur die Gewehre.«

»Davon können sie nicht abbeißen«, sagte Melanie, »und warm halten sie auch nicht. Du hast recht, die kehren bestimmt um.« Sie seufzte leise. »Ich wär' jetzt auch lieber in einer Cessna.«

»Die haben die Heizung voll aufgedreht, wetten?«

»Mistkerle!« Das Mädchen zog ihre Strickmütze wütend über die Ohren. »Aber wenn der Wind zu stark ist, können sie nicht losfliegen, dann sitzen sie am Seeufer fest, bis der Sturm aufhört. Und mit dem Flugzeug nach uns suchen können sie auch nicht.«

»Meinst du, die würden uns nachfliegen?«

Melanie traute den beiden Schurken alles zu, besonders dem Kerl mit der Bommelmütze. Er war ein Draufgänger und würde alles daran setzen, sie aus dem Weg zu räumen. »Und wenn schon«, beruhigte sie ihren Bruder, »in den Bergen finden sie uns sowieso nicht. Und solange kein Schnee fällt, sehen sie auch keine Spuren. Die finden uns nicht, die sind wir erst mal los!«

Sie erreichten die Steinplatte und stellten erleichtert fest, daß unter dem Felsentisch eine höhlenartige Ausbuchtung war. Dort kam selbst der stürmische Wind nicht hin, selbst wenn er von vorn kam, denn vor dem Unterschlupf stieg das Land steil an und schützte auch in dieser Richtung. Ein kleines Tier, das wie eine Maus aussah, floh aus der Höhle, als es die Kinder bemerkte.

Sie blieben unter der Felsplatte stehen und genossen die Windstille. Ihre Gesichter waren gerötet, obwohl sie ihre Schals bis über die Nase gezogen hatten. Ihr Atem gefror vor ihren Lippen. Zufrieden stellten sie fest, daß sie in dem höhlenartigen Unterschlupf selbst bei starkem Wind ein Feuer anzünden konnten. Das einzige Problem bestand darin, genügend Brennmaterial zu finden. Auf dem Hügel wuchsen einige Sträucher, aber damit kamen sie nicht einmal über die nächste Stunde.

»Wir müssen soviel Holz wie möglich suchen«, erklärte Melanie ihrem Bruder. »In spätestens einer Stunde wird es dunkel, dann müssen wir genug für die Nacht zusammen haben. Heute hat es sowieso keinen Zweck mehr, weiterzulaufen. Sieht ganz so aus, als gäbe es noch einen ausgewachsenen Schneesturm, und vor dem sind wir hier am sichersten.« Sie wußte auch nicht, woher sie dieses Wissen nahm, sie kannte das Land nördlich des Polarkreises nur aus den Büchern von Jack London und ihrem Reiseführer, aber die Luft roch nach Schnee, und sie wollte auf keinen Fall von einem Blizzard überrascht werden.

Philip wehrte sich nicht dagegen, daß seine Schwester das Kommando übernahm. Sie verstanden sich gut. Seit ihre Mutter gestorben war, stritten sie weniger als früher, und manchmal gingen sie sogar gemeinsam zum Einkaufen. Die Frau vom Jugendamt, die manchmal zu Routinebesuchen kam, war sehr beeindruckt. »Wir schaffen das nur, wenn wir fest zusammenhalten«, hatte ihr Vater schon kurz nach der Beerdigung gesagt. »Oder wollt ihr, daß ich eine Haushälterin einstelle? Stellt euch vor, die kocht dann immer Gerichte, die wir überhaupt nicht mögen!«

Seitdem hielten sie zusammen, und auch die Spötteleien einiger Klassenkameraden konnten sie nicht daran hindern. »Versuch mal, ohne deine Mutter zurechtzukommen!« sagten sie zu ihnen. »Dann wirst du schon sehen, wie schnell du auf dem Zahnfleisch gehst! Oder kaufst du alles selber ein?« Einkaufen war langweilig, das gab Philip zu, aber es hatte auch seine guten Seiten. Sein Vater hatte nichts dagegen, wenn er ein paar Groschen für ein Duplo oder im Sommer für ein Magnum opferte.

Eis am Stiel war das letzte, nach dem er sich jetzt sehnte. Der Wind brachte beißende Kälte aus dem eisigen Norden, und er schob schnell seinen Schal über das Gesicht, als er auf den Hügel stieg, um auf der anderen Seite nach Brennholz zu suchen. Seine Schwester war in eine andere Richtung gegangen und kehrte mit einem Arm voller Zweige in den Unterschlupf zurück.

Sie arbeiteten bis in die frühen Abendstunden und gaben erst auf, als die Dunkelheit das Tal überschattete. Die Wolkendecke war dichter geworden, und der Mond und die Sterne waren nicht zu sehen. Der Wind war so eisig, daß sie ihn wie tausend Nadelstiche in den Augen spürten. Sie hatten die Schals über die Nasen gebunden und schlugen bibbernd die Hände zusammen, als sie das letzte Brennholz unter dem Felsentisch fallen ließen.

»Mann, ist das kalt!« schimpfte Philip.

»Zehn Grad unter Null«, schätzte Melanie, »mindestens!« Sie betrachtete die Sträucher und Zweige, die sie im hinteren Teil der Höhle abgelegt hatten, und nickte zufrieden. »Damit dürften wir hinkommen, zumindest bis morgen früh.« Sie zog das blaue Feuerzeug aus der Tasche. »Hast du 'n bißchen Moos geholt?«

»Da drüben«, antwortete Philip. Er deutete auf ein Häufchen mit Moos und kleinen Zweigen. »Ein bißchen naß, das Zeug.«

»Wird schon klappen«, meinte sie zuversichtlich. Sie baute mitten in dem höhlenartigen Unterschlupf ein Lagerfeuer und bat ihren Bruder, seine Hände über die Flamme zu halten, als sie das Moos anzündete. »Na, also«, sagte sie zufrieden. Sie warf etwas Gestrüpp in die wachsende Flamme und genoß die wohlige Wärme, die von dem Feuer aufstieg und sich rasch in der Höhle ausbreitete. Die Flammen verbreiteten unruhiges Licht.

»Draußen hätten wir das Feuer niemals anbekommen«, sagte sie, »der Wind ist viel zu stark. Schau nur, der wirbelt sogar den Sand von den Felsen!« Sie deutete nach draußen und dankte dem lieben Gott, daß sie den Unterschlupf gefunden hatten.

Philip hatte denselben Gedanken. »In dem blöden Sturm hätten wir ziemlich alt ausgesehen.« Er blickte schweigend in die Dunkelheit. »Meinst du wirklich, morgen scheint wieder die Sonne?«

»Bestimmt«, antwortete Melanie wieder, »du hast doch gesehen, wie schnell hier das Wetter umschlägt. Wirst sehen, wenn wir aufwachen, sieht die Welt ganz anders aus.«

»Hoffentlich«, meinte der Junge.

Melanie war nicht so zuversichtlich, wie sie sich gab. Das Wetter im hohen Norden war unberechenbar, das stimmte, aber genausogut konnte der Winter schon dasein und das Land mit Schnee zudecken. Dann sanken ihre Chancen, eine Siedlung zu erreichen, ganz erheblich. In diesen Breiten war alles möglich. Es gab gute und schlechte Überraschungen, und man tat besser daran, immer auf das Schlimmste vorbereitet zu sein.

»Möchtest du etwas Tee?« fragte sie.

»Der ist bestimmt schon kalt«, antwortete Philip.

»Der Becher ist aus Metall, den kannst du über das Feuer halten«, sagte sie lächelnd. Sie schraubte den Becher von der Flasche und schenkte ihm ein. »Der heiße Tee bringt dich in Schwung, wirst sehen.«

Philip hielt den Becher in die Flammen und wartete, bis der Tee heiß war. Der Henkel war isoliert, und er tat sich nicht weh. Er nippte an dem heißen Getränk und seufzte zufrieden, als sich langsam die Wärme in seinem Magen ausbreitete. Der Tee war gut gezuckert und bekämpfte das Hungergefühl, das während der letzten Stunden immer schlimmer geworden war. Die wenigen Beeren, die sie unterwegs gepflückt hatten, waren nur ein Tropfen auf den heißen Stein gewesen. »Hast du wirklich nichts zu essen dabei?« fragte er. »Einen alten Schokoriegel oder so was? Ich hab Hunger wie ein Bär.«

Melanie durchsuchte noch einmal ihre Anoraktaschen und schüttelte den Kopf. »Nichts«, meinte sie enttäuscht,

»nicht mal ein Bonbon. Aber morgen pflücken wir wieder Beeren, verhungern werden wir schon nicht. So 'ne kleine Diät tut uns ganz gut.«

»Dir vielleicht.«

»Wenn wir nach Fairbanks kommen, gehen wir mit Papa ein dickes Steak essen«, versprach sie. »Eins von diesen dicken Dingern, die es nur in Amerika gibt. Ein Steak mit Bratkartoffeln oder Pommes frites, und zum Nachtisch gibt es Eis mit Sahne ...«

»... mit 'ner großen roten Kirsche oben drauf!« Philip lief das Wasser im Mund zusammen. »Und vor dem Schlafengehen trinken wir einen Kakao, einen cremigen, wie Don ihn gemacht hat.« Er dachte an den Piloten und schaute betrübt in die Flammen. »Schade, daß Don nicht mehr lebt. Er war ein toller Kerl.«

»Er hat es gut«, erinnerte Melanie ihren Bruder, »der dreht gerade eine Runde mit seiner roten Cessna, geh ich jede Wette ein.«

»Und das Wetter ist dort auch besser«, nahm Philip an.

»Da gehört nicht viel dazu.«

Melanie hatte sich aufgewärmt und ging ein paar Schritte auf den Ausgang der Höhle zu. Nachdenklich blickte sie in die Dunkelheit hinaus. Es hatte zu schneien begonnen. Der Wind wirbelte die Flocken über den harten Boden, dicke und feste Flocken, die sofort liegenblieben und zu einer dichten Schneedecke heranwuchsen. Aus dem Herbst war bitterkalter Winter geworden, und es sah nicht so aus, als würde sich das bis zum Morgen ändern.

»Schlimm, was?«

»Ziemlich«, antwortete das Mädchen ehrlich. »Aber deswegen kann morgen genausogut die Sonne scheinen. Sobald es zu schneien aufhört, macht uns der Schnee nicht mehr viel aus.«

»Wenn er nicht zu tief ist«, schränkte Philip ein, »sonst brauchen wir Schneeschuhe. Hab ich mal im Fernsehen gesehen. *Der Mann aus den Bergen.* Ohne Schneeschuhe ging der gar nicht raus, sonst wäre er bis zum Bauch im Schnee versunken.«

»Soviel schneit es noch nicht«, meinte Melanie zuversichtlich, »nicht im September. Das ist ein kurzer Kälteeinbruch, weiter nichts. Normalerweise wäre es jetzt ein paar Grad über Null.«

»Das sind mindestens zehn Grad minus«, sagte er.

Der Schnee fiel unablässig, aber Philip geriet nicht in Panik. Sie hatten genug Holz gesammelt, um durch die Nacht zu kommen, und am Feuer war es warm und gemütlich. Wie auf einer heißen Insel, die ihnen mitten in dem Wintersturm einen sicheren Platz bot. Wenn der Sturm vorbei war, würden die Retter kommen und sie in dem Tal finden. So weit waren sie noch nicht von der Absturzstelle entfernt.

Das redete sich auch Melanie ein, doch sie war nicht so leicht zu täuschen. Sie hatte die Ranger beinahe schon abgeschrieben. Sie hätten längst hier sein müssen, wenn sie das Notsignal gehört hatten, am frühen Morgen schon, wenigstens aber am frühen Nachmittag, als der Wind noch nicht so stürmisch gewesen war. Jetzt ging nichts mehr. Bei diesem Wetter konnte auch ein Hubschrauber nicht starten. Sie mußten warten, bis der Sturm vorüber war, und dann war es vielleicht zu spät. Nur mit viel Glück würden sie die Absturzstelle finden, und dann brauchten sie noch mal soviel Glück, um sie in den Bergen aufzuspüren. Es konnte sie nur noch ein Wunder retten.

Melanie versuchte, die Dunkelheit mit ihren Augen zu durchdringen. Es gelang ihr nicht. Alles, was sie sah, waren die wirbelnden Flocken, die vom Wind durch die

Nacht getrieben wurden. Der Sturm wurde immer heftiger und kälter, und sie konnten von Glück sagen, daß sie in einem sicheren Unterschlupf saßen und sich an einem Feuer wärmen konnten. Eine Nacht in diesem Schneesturm, ohne Feuer und ohne Decken, hätte ihren sicheren Tod bedeutet. Sie wären irgendwo in den Bergen erfroren.

Sie erschauderte, als sie daran dachte, daß sie beinahe das Feuerzeug vergessen hatte. Nur ein zufälliger Gedanke hatte sie daran erinnert. Sie zog es aus ihrer Anoraktasche und wog es in ihrer Hand. »Ist noch genug drin«, beantwortete sie den fragenden Blick ihres Bruders. »Damit kommen wir bestimmt hin.«

»Meinst du, hier in der Nähe liegt irgendein Dorf?« fragte Philip nach einer Weile. Seine Hände brannten und stachen in der ungewohnten Hitze, aber er ließ sich nichts anmerken. »Ein Indianerdorf vielleicht. In den Bergen leben doch Indianer, oder?«

»Ein paar«, antwortete Melanie zögernd, »am Yukon River und seinen Nebenflüssen. Aber die sind zu weit weg. Wir müssen irgendeinen anderen Fluß finden. In den Büchern von Jack London steht, daß Menschen immer am Fluß wohnen. Ist ja auch logisch, die meisten Indianer in Alaska leben vom Fischfang.«

»Was du alles weißt.«

»Steht alles in den Büchern, bei Jack London und in dem Reiseführer. Hättest deine Nase mal reinstecken sollen. Auch Don hat von den Indianern erzählt, erinnerst du dich? Von seinen Freunden am Yukon, diesem Indian Charlie und einem anderen, der Johnny oder Joey oder so ähnlich hieß. Die beiden Indianer, die ihn mit dem guten Räucherlachs versorgt haben.«

»Stimmt«, meinte der Junge. »Der Lachs, den wir vorgestern gegessen haben, war bestimmt auch von ihnen.«

Er lächelte zufrieden, als er daran dachte. »Meinst du, wir finden ihr Dorf?«

»Das liegt weiter südlich, viel weiter«, sagte sie.

»Aber hier müssen doch auch Indianer leben«, beharrte Philip, »oder Eskimos. Im Nationalpark wohnen doch auch welche.«

»Ein paar hundert, in Anaktuvuk Pass.«

»Das ist auch zu weit, was?«

Melanie nickte.

»So ein Mist«, schimpfte Philip. »Ausgerechnet über diesen blöden Bergen muß der Motor ausfallen! Ein bißchen weiter, und wir hätten uns nach Anaktuvuk Pass oder zum Highway durchschlagen können!« Er stöhnte. »Wenn wenigstens dieser blöde Sturm aufhören würde! Schau nur, es schneit immer stärker!«

Melanie hatte es längst bemerkt. Ein dichter Vorhang von wirbelnden Flocken hing vor dem höhlenartigen Unterschlupf, und der Wind tobte und heulte zwischen den Felsen. Ein Blizzard, dachte sie, ein richtiger Schneesturm, und das im September. Viel zu früh. Sie schloß die Augen und betete stumm. Lieber Gott, bitte laß morgen wieder die Sonne scheinen! Paß gut auf meinen Bruder auf, und hilf uns, aus den Bergen herauszukommen! Schick uns einen Indianer oder einen Trapper, und gib uns was zu essen, damit wir durchhalten, bis wir gerettet werden!

Sie blieb mit geschlossenen Augen unweit des Feuers stehen und wollte gar nicht daran denken, was alles geschehen konnte, wenn Gott ihre Gebete nicht erhörte. Aber sie konnte nicht anders. Vor ihrem geistigen Auge tauchten schreckliche Bilder auf, von einem furchtbaren Schneesturm, der tagelang in den Bergen heulte, von ihrem Bruder, der vor Hunger zu weinen anfing und irgendwo in der Wildnis krank zusammenbrach, von

Bommelmütze und dem Bärtigen, die ihnen mit der Cessna nachflogen und sie mitten im Schneesturm erschossen. Die Tränen traten ihr in die Augen, und sie drehte sich erst wieder zu ihrem Bruder um, als sie den kurzen Schwächeanfall überwunden hatte.

»Wir müssen stark sein«, sagte sie mehr zu sich selbst. »Dann kann uns gar nichts passieren.« Sie blickte ihren Bruder an und sah, daß er eingeschlafen war. Sein Gesicht wirkte sehr entspannt.

Die Hütte am Gletschersee

Am nächsten Morgen war der Sturm vorbei, aber es schneite noch immer, und der felsige Boden war unter einer zentimeterdicken Schneedecke verschwunden. Die Kinder standen atemlos unter der Felsenplatte und starrten in die Flocken hinaus, die unablässig aus den tiefhängenden Wolken fielen. Die Berge waren kaum zu sehen, und auch das Tal hatte sich verändert, sah jetzt sanfter und romantischer, aber auch kälter und abweisender aus.

»Was machen wir jetzt?« fragte Philip besorgt. »Du hast doch gesagt, heute morgen würde die Sonne scheinen? Müssen wir jetzt hierbleiben und warten, bis es zu schneien aufhört? Wir haben kein Holz mehr. Wo sollen wir denn jetzt Holz finden?«

Diese Fragen hatte sich Melanie schon am frühen Morgen gestellt, als sie aus dem Schlaf geschreckt war und entsetzt festgestellt hatte, daß sich das Wetter nicht geändert hatte. »Wir müssen weiter«, antwortete sie. »Wir müssen so schnell wie möglich aus den Bergen raus. Unten ist es besser, da fällt der Schnee nicht so dicht, und wenn wir einen Fluß finden, treffen wir sicher auf einen Trapper oder Indianer.« Sie hatte nicht aufgegeben.

»Ich hab Hunger.«

»Ich auch«, erwiderte Melanie bedrückt. »Halt noch ein bißchen durch, bald bekommst du was zu essen. Zur Not lutschen wir gefrorene Beeren.« Sie lachte über ihren schalen Witz.

»Ich will was Anständiges. Ein Brot mit Thunfisch oder Käse. Ein dickes Sandwich mit allen Schikanen.«

»Heute abend, da gehe ich jede Wette ein.«

Sie tranken von dem Tee, den Melanie über dem Feuer

erhitzt hatte, und traten in den Schnee hinaus. Ohne den stürmischen Wind war es lange nicht so schlimm. Der Schnee lag ungefähr zehn Zentimeter hoch, und nur zwischen den Hügeln, wo der Wind ungehindert hingekommen war, sanken sie bis zu den Knien ein. Sie kamen gut voran, nicht mehr so schnell wie am Vortag, aber besser, als sie gedacht hatten. Das Glöckchen bimmelte im Rhythmus von Melanies Schritten. Zwei Stunden später hatten sie bereits den Ausgang des Tales erreicht.

Auf der Kuppe eines Hügels blieben sie stehen. Sie blickten enttäuscht in ein weites Tal hinab, das am Horizont in den Wolken verschwand und in dem frischen Schnee wie ein Ozean aussah. Schneewehen erzitterten in dem leichten Wind. Die Berge wirkten nicht mehr so schroff und unnahbar, aber geheimnisvoller, und Philip klammerte sich unwillkürlich an seine Schwester.

»Da gibt es bestimmt Geister«, meinte er ängstlich.

»Es gibt keine Geister«, erwiderte sie.

»Aber die Indianer sagen, daß sie überall sind«, widersprach der Junge. »Das hat Don erzählt. Vor allem in den Bergen. Wenn das Wetter so schlimm wie heute ist, haben sie schlechte Laune.«

»Unsinn!« winkte Melanie ab. »Das sind Geschichten.«

Aber sie war ihrer Sache nicht so sicher. Sie hatte auch schon gehört, mit welcher Ehrfurcht die Indianer von der Natur sprachen, und das Land sah in dem düsteren Zwielicht so kalt und unnahbar aus, daß Philip möglicherweise recht hatte. Vielleicht gab es tatsächlich Geister. Es war gar nicht so abwegig, daß in den Schluchten, die sich zwischen die Berge gegraben hatten, böse Wesen wohnten. Ihr Rücken prickelte, als sie erkannte, daß der weitere Weg durch einen dieser Canyons führte.

»He, da unten ist ein Fluß!« rief Philip. Er strahlte

plötzlich, und die beißende Kälte fiel sekundenlang von seinem Körper ab. »Siehst du ihn? Ein kleiner Fluß, aber immerhin.«

Melanie kniff die Augen zusammen und verbarg mühsam ihre Enttäuschung. Der Fluß war viel zu schmal, eher ein Bach, der das Tal der Länge nach durchschnitt, in dem Schnee aber kaum zu sehen war. Er war zum Teil gefroren, und das Eis verschmolz mit dem Schnee und dem trüben Nebel, der über dem Tal hing.

Sie wollte ihrem Bruder die Hoffnung nicht nehmen. »Dann begegnen wir bestimmt bald einem Trapper.« Sie blickte den Jungen an und zwang sich zu einem Lächeln. »Kannst du noch?«

»Logisch«, meinte er hoffnungsvoll. Seine Augen blitzten freudig. »Komm, wir laufen weiter, sonst verpassen wir ihn noch.«

Sie stapften in das Tal hinunter. Obwohl es jetzt weniger schneite und der Schnee auf dem harten Boden nicht so hoch lag, kamen sie langsamer voran, als sie gedacht hatten. In dem düsteren Zwielicht waren Entfernungen schlecht zu schätzen. Es gaukelte einem Bilder vor, die es gar nicht gab, und ließ das Land mit dem Himmel verschmelzen. Alles war schmutzig, auch der Schnee, und es gab keine harten Linien mehr, die eine Grenze zeigten.

An die Kälte hatten sie sich gewöhnt. Jetzt, am Tag, war es nicht so schlimm, und wenn der Wind verstummte, konnten sie sogar die Schals vom Gesicht ziehen. Nur der Schnee machte ihnen zu schaffen. Die Flocken behinderten ihre Sicht und zwangen sie dazu, mit gesenktem Kopf in das Tal zu wandern. Ihr Atem gefror vor ihren Lippen und dampfte in der kalten Luft. Das Knirschen des festen Schnees war das einzige Geräusch in der Stille.

Als sie das Ufer des schmalen Flusses erreicht hatten,

tranken sie den Rest des lauwarmen Tees. Aber das reichte nicht, um ihren immer größer werdenden Hunger zu stillen. Melanie füllte die Thermosflasche mit kaltem Wasser und verstaute sie in ihrer Anoraktasche. »Für alle Fälle«, wie sie ihrem Bruder verriet.

Es war bereits früher Nachmittag, und das Wetter wurde keineswegs besser. Die Schneedecke wurde immer höher. »Bald brauchen wir Schneeschuhe«, sagte Philip einmal, und seine Schwester antwortete: »Der Trapper hat bestimmt einen Schlitten, dann brauchen wir keine.« Er war zu einer fixen Idee geworden, dieser Trapper, zu einem letzten Strohhalm, an dem sie sich aus dieser Misere ziehen konnten. Selbst Melanie glaubte jetzt daran, daß die Möglichkeit bestand, in dieser Einöde einen Trapper oder Indianer zu treffen, obwohl es tausend andere Täler und tausend andere Flüsse gab und das Land keinen Anfang und kein Ende zu haben schien. Alaska war groß, unendlich groß.

Melanie blickte auf ihre Uhr. »Halb drei.« Bald würde die Nacht über das Land hereinbrechen, und sie hatte keine Ahnung, wo sie ein Feuer anzünden konnten. Es gab keine Höhlen und keine großen Felsen. Und wie sollten sie an Feuerholz kommen? Die Sträucher, die aus dem Schnee ragten, waren feucht und brannten bestimmt nicht. Sie warf einen schnellen Blick auf ihren Bruder, der zuversichtlicher war und sich keine Sorgen machte. Er bildete sich ein, jeden Augenblick auf einen Trapper oder Indianer zu stoßen und gerettet zu sein. Zum Glück weiß er nicht, was ich denke, dachte sie.

Eine halbe Stunde später erreichten sie eine schmale Einbuchtung in den Bergen. Sie gingen hindurch und kamen in eine weite Schlucht, die zur Hälfte von einem grünen See ausgefüllt wurde. Im schmutzigen Dunst war ein Gletscher zu sehen, der bis zum Ufer des Wassers reichte. Der See schien unendlich tief zu sein und war nur an den Ufern gefroren. Am westlichen Ufer, keine hundert Meter von den Kindern entfernt, stand eine Blockhütte.

Sie blieben wie angewurzelt stehen, waren erst mal unfähig, etwas zu sagen, dann brach es aus Philip heraus.

»Eine Hütte«, rief er. »Sieh doch, eine Hütte! Da wohnt der Trapper! Wir sind gerettet, Melanie!« Er begann zu weinen.

»Tatsächlich!« Melanie konnte es gar nicht fassen.

Sie rannten durch den knöcheltiefen Schnee zu der Blockhütte. Die Stämme, aus der sie gebaut war, wirkten alt und verwittert. Die Scheiben des einzigen Fensters waren trübe. Über der Tür, die lose in den Angeln hing, war ein Elchgeweih angebracht. Vor dem Haus lagen die Reste eines Schlittens im Schnee.

Philip achtete nicht darauf. Er klopfte aufgeregt gegen die Tür und rief: »He, ist da jemand? Mister Trapper! Wo sind Sie?«

In der Hütte blieb es stumm. Nur die Tür quietschte leise und bewegte sich knarrend nach innen, als der Wind auffrischte. Sie blieb schwankend hängen. Ein kleines Tier huschte aus der Hütte und verschwand im Schnee. Die Kinder wechselten einen raschen Blick und traten zögernd hinein. Sie klopften den Schnee von ihren Anoraks und stampften mit den Schuhen auf. In der Hütte war es nicht viel wärmer als draußen, aber man hatte wenigstens das Gefühl, beschützt zu sein.

»Leer«, meinte Philip enttäuscht, »keiner da!«

Sie blickten sich in dem einzigen Raum der Hütte um. Ein Tisch aus ungehobelten Baumstämmen, zwei Stühle, eine Pritsche, mehr Möbel gab es nicht. In der Mitte stand ein bulliger Kanonenofen. Daneben war Feuerholz gestapelt. Der Boden war mit einer dicken Schmutzschicht bedeckt, und überall lagen Abfälle herum. Ein paar leere Flaschen, zwei Bierdosen, eine verbogene Gabel. Es muß lange her sein, daß Menschen in der Hütte gewesen sind, dachte Melanie betrübt, ein halbes Jahr oder noch länger.

»Wo ist der Trapper?« fragte Philip niedergeschlagen.

»Es gibt keinen Trapper«, antwortete das Mädchen ehrlich, »sieht eher wie eine Hütte der Regierung aus. Für Wanderer und Angler. Wahrscheinlich hat man sie aufgegeben. Sieht ganz so aus, als wär' hier schon 'ne Ewigkeit keiner mehr gewesen.«

»Mist!« fluchte Philip.

»Wieso?« wunderte sie sich. »Wir haben einen Ofen und genügend Feuerholz und ein festes Dach über dem Kopf. Was willst du mehr?« Auch Melanie hätte lieber einen Trapper getroffen, der sie in die nächste Siedlung gebracht hätte, aber man durfte nicht zuviel von Gott erwarten. »Heute nacht frieren wir nicht.«

»Gibt's hier auch was zu essen?« fragte Philip. Er blickte sich suchend um, konnte aber nichts entdecken. »Wenigstens 'ne Notration. Knäckebrot oder so was.« Er zog die Schublade des Tisches auf, aber dort gab es außer einer alten Zeitung nichts zu sehen.

»Wie alt ist die Zeitung?« fragte Melanie.

»Ein Jahr«, antwortete Philip.

Sie suchten weiter, blickten sich nach irgendwelchen Geheimfächern um und blieben enttäuscht vor dem Ofen stehen. Es gab keine doppelten Wände und keinen doppelten Boden, obwohl Don berichtet hatte, daß viele Trapper einen Revolver und eine eiserne Ration versteckten. Also doch eine Regierungshütte.

»Möchte wissen, wo sie das ganze Holz gefunden haben«, überlegte Melanie laut. »Ob's hier irgendwo Bäume gibt? Ich dachte, wir wären noch viel zu hoch. Und wo haben sie den Ofen her?«

Philip hatte sich damit abgefunden, daß es keinen Trapper gab. »Den haben sie mit dem Hubschrauber gebracht, da paßt mehr rein, als du denkst.« Er zögerte. »Ob wir schon tief genug sind?«

»Wo's Bäume gibt? Keine Ahnung.«

»Aber es ist nicht mehr so kalt wie gestern.«

»Weil der Wind nachgelassen hat«, erklärte Melanie. »Der Wind Chill Factor war an der Kälte schuld. Hast du das vergessen?«

»Und jetzt? Beginnt jetzt der Winter?«

»Ich weiß nicht«, antwortete das Mädchen.

»Wir können doch nicht ewig in der Hütte bleiben. Wir haben nichts zu essen. Wie lange kann man ohne Essen überleben?«

»Länger, als du denkst«, erinnerte sich Melanie. »Ich hab von Menschen gelesen, die dreißig Tage durchgehalten haben. Hauptsache, du hast was zu trinken, dann kommst du schon durch. Denk an die Leute, die einen Hungerstreik machen ...«

Philip schüttelte sich. »Vielleicht können wir was jagen.«

»Wir haben doch nicht mal ein Messer!«

»Mit einer Schlinge oder so.«

»Das können nur Trapper«, sagte Melanie. »Ich wüßte ja nicht mal, mit was man die Tiere anlocken soll. Du vielleicht?«

»Nein«, gab der Junge kleinlaut zu.

Sie starrten enttäuscht aus dem Fenster und sahen, daß es zu schneien aufhörte. Nur noch vereinzelt fielen Flocken. Die dunklen Wolken zogen langsam nach Osten. Der Himmel sah verwaschen und trübe aus, und auf dem

Gletschersee waren helle Streifen zu sehen. Aber über den Bergen stand schon eine neue Wetterfront, spätestens in ein paar Stunden würde es wieder schneien, vielleicht heftiger als vorher.

»He, da ist 'ne Tür!« rief Philip in die unheimliche Stille. Melanie blickte ihn verwundert an.

»Da oben! Ich glaub, da ist ein Speicher!«

»Kommst du hin?«

»Na klar.« Philip kletterte auf den Tisch und drückte beide Hände gegen die Decke. Die Tür maß ungefähr einen Meter im Quadrat und war auf den ersten Blick kaum zu erkennen. Er stemmte sich mit seiner ganzen Kraft dagegen, bis es ihm gelang, das Brett nach innen zu stemmen. Es polterte nach hinten, und eine Staubwolke hüllte den Jungen ein. Er hustete kräftig.

»Siehst du was?« fragte Melanie neugierig.

»Alles dunkel«, antwortete Philip. »Hilf mir mal hoch!«

Melanie stieg zu ihrem Bruder auf den Tisch und half ihm, auf den Speicher zu klettern. Sie wartete nervös und lauschte seinen dumpfen Schritten. »Was ist?« rief sie.

»Nichts«, antwortete Philip enttäuscht.

»Keine Decke? Was zu essen?«

»Nichts.«

Der Junge kletterte auf den Tisch zurück. Er wollte gerade die Speichertür zurückschieben, als ein tiefes Brummen die Hütte erzittern ließ. Die Kinder erstarrten und wußten nicht, ob sie lachen oder weinen sollten. Sie sprangen vom Tisch und blickten aus dem Fenster. Mit klopfendem Herzen beobachteten sie, wie eine gelbe Cessna aus dem milchigen Dunst stieß und schaukelnd in die Schlucht flog. Das kleine Flugzeug brauste dicht über die Hütte hinweg und landete auf dem grünen Gletschersee.

»Die Schurken!« stieß Melanie leise hervor.

Die Kinder blieben wie gebannt am Fenster stehen. Die Cessna brummte über den See und glitt ans Ufer. Bommelmütze und der Bärtige kletterten heraus, die Gewehre in der Hand.

»Sie haben uns gefunden!« rief Philip erschrocken.

Melanie zwang sich zur Ruhe. »Das kann nicht sein«, erwiderte sie. »Der Schnee hat alle Spuren verdeckt. Sie haben die Hütte gesehen, weiter nichts.« Sie blickte sich rasch um und stellte zufrieden fest, daß sie auch in der Hütte keine Spuren hinterlassen hatten. »Schnell, auf den Speicher!« forderte sie ihren Bruder auf.

»Bist du verrückt? Und wenn sie uns entdecken?«

»Zum Weglaufen ist es zu spät«, sagte Melanie. »Die brauchen höchstens fünf Minuten, bis sie hier sind.« Sie nahm das Glöckchen ab und verstaute es in einer Anoraktasche. Dann stieg sie auf den Tisch und zog ihren Bruder hinterher. »Ich helfe dir.«

Sie schob ihn auf den Speicher, stieß sich mit beiden Beinen vom Tisch ab und kletterte hinterher. Der Boden war schmutzig, und es stank nach faulem Holz, aber das machte ihnen nichts aus. Sie schoben die Tür in die Öffnung und legten sich nebeneinander auf den Boden. Durch die Ritzen zwischen den Brettern hatten sie den ganzen Raum im Blickfeld. »Ganz ruhig!« warnte sie ihren Bruder. »Wenn sie uns entdecken, sind wir erledigt!«

Die Tür flog auf, und die Männer polterten in die Hütte. Sie hatten die automatischen Gewehre im Anschlag und blickten sich wie zwei Polizisten um, die ein Haus stürmten. Erst nach einer ganzen Weile ließen sie die Waffen sinken. Sie atmeten erleichtert auf.

»Ich hab dir doch gesagt, daß sie nicht hier sind«, meinte Fatso. Er war ein Mörder und Betrüger, aber er hatte noch nie Frauen und Kinder umgebracht und gedachte nicht, jetzt damit anzufangen. Sollte doch Schmitt diese Drecksarbeit erledigen. Er hatte sich ja schon fest entschlossen, nach diesem Abenteuer abzuhauen und irgendwo ein neues Leben zu beginnen. Ein gemütlicher Job, und ab und zu eine krumme Sache, die höchstenfalls zwei Jahre brachte, mehr wollte er nicht mehr riskieren.

Schmitt warf das Gewehr auf den Tisch. »Verdammt!« fluchte er wütend. »Und ich dachte, die Bälger haben sich hier verkrochen!«

»Wir wissen doch nicht mal, in welche Richtung sie gegangen sind«, meinte Fatso. »Ich wette, die haben den Sturm gar nicht überlebt, die liegen bestimmt irgendwo tot neben einem Felsen.«

»Dazu sind sie viel zu gerissen.« Wieder dieses Funkeln in seinen Augen, als würde er sich darüber freuen. »Hast du gesehen, wie sie uns auf dem Felsplateau abgehängt haben? Wie zwei verdammte Profis! So bin ich nur von diesem beschissenen Sergeant reingelegt worden, während der Grundausbildung bei den Marines.« Er trat gegen den Tisch. »Verdammtes Pack!«

Fatso zuckte zusammen. Er hatte sich noch immer nicht an die schnellen Stimmungswechsel seines Kumpans gewöhnt. Wie hab ich's nur so lange bei ihm ausgehalten, dachte er. Erst hier, in der Wildnis, wurde ihm so richtig bewußt, was für ein Ekel dieser Schmitt war. In der Stadt war ihm das nie so aufgefallen.

Bommelmütze ließ sich auf einen Stuhl fallen. »Mach Feuer an!« befahl er dem Bärtigen. »Man friert sich ja den Arsch ab!«

»Du mußtest ihnen ja unbedingt nachfliegen ...«

»Willst du sie am Leben lassen? Willst du lebenslänglich im Knast landen, weil die Brut vor Gericht gegen dich aussagt?«

»Sie sind längst tot, Mann!«

»Das glaub ich erst, wenn ich die Leichen sehe«, sagte Schmitt. Er griff nach seiner Waffe, sicherte sie und legte die Beine auf den Tisch. »Kapiert, Mann? Eher bringst du mich hier nicht weg!«

Fatso lehnte sein Gewehr an die Wand. Er öffnete den Kanonenofen und stopfte kleine Holzstücke und etwas Papier hinein, das er aus seiner Hosentasche kramte. Er zündete es an, wartete geduldig, bis die Flammen loderten, und legte Holzscheite nach.

»Geht das nicht ein bißchen schneller?« fauchte Schmitt.

»Schon fertig«, erwiderte Fatso. Er ließ die Ofentür zuklappen und wärmte seine Hände über der Platte. »Bleiben wir die Nacht über hier? Ich hab schon 'ne halbe Ewigkeit nicht geschlafen.«

»Was denkst du denn?« fragte Schmitt zurück. »Willst du dich in den Schnee rauslegen? Wir bleiben hier und suchen morgen nach den Bälgern. Weit können sie nicht sein!« Er nahm seine Bommelmütze von den Haaren. »Haben wir noch was zu essen?«

»Ein paar Hühnerschenkel und die Sandwiches«, antwortete Fatso. »Liegt alles in der Cessna. Ich hol das Zeug, okay? Gibt es sonst noch was zu erledigen?«

»Binde die Maschine gut fest«, mahnte Schmitt. »Sonst fliegt sie uns noch weg.« Er lachte schallend. »Ich hab keine Lust, den Rest meines Lebens in dieser Scheißwildnis zu verbringen.«

»Ich auch nicht«, flüsterte der Bärtige, als er die Tür öffnete und in die Kälte hinaustrat. »Eher hau ich nach Afrika ab!«

Das Geständnis der Schurken

Zum ersten Mal sahen Melanie und Philip die beiden Schurken aus nächster Nähe. Bommelmütze war schlank und durchtrainiert und ungefähr vierzig Jahre alt. Sein militärischer Bürstenhaarschnitt paßte zu dem kantigen Gesicht mit den nervösen Augen und den schmalen Lippen. Fatso war ein paar Jahre älter und sah eher wie ein Farmer aus. Robust und grobschlächtig, das Gesicht von der Sonne gerötet, das dünne Haar nach hinten gekämmt. Er hatte einen grauen Vollbart und schleppte ein paar Pfunde zuviel herum. Beide Männer trugen feste Winterkleidung.

Schmitt biß in den Hühnerschenkel und warf ihn angewidert auf den Tisch. »Hast du nichts anderes? Von dem Saufraß wird einem ja schlecht!« Er biß in das Sandwich und kaute widerwillig. »Wo hast du das Zeug her? Aus dem verdammten Supermarkt?«

»Von dem Hühnerladen an der Ecke, gleich neben der Tankstelle. Die Sandwiches hat unsere Wirtin geschmiert.« Der Bärtige biß in sein Käsebrot. »Schmeckt doch ganz passabel.«

»Weil du keinen Geschmack hast«, meinte Schmitt abfällig. »Da, wo du herkommst, gab's doch nur diese schmierige Südstaaten-Pampe. Hühnchen und Katzenfisch und der ganze Scheiß! Weißt du noch, wie wir in L. A. gegessen haben, in dem Nobelschuppen? Die hatten sogar Pizzas mit Kaviar und Spaghetti mit irgendwelchen Krabben, und der Wein kam aus Europa. Das war besser als dieser Abfall aus der Imbißbude!«

»Ich weiß nicht«, sagte Fatso. Er hatte seinen Stuhl dicht neben den Ofen geschoben und genoß die Wärme.

»Ich mag lieber Dosenbier, und auf den Pizzas muß Salami drauf sein. Und Käse.«

»Du bist ein Verlierer, Fatso!« stellte Schmitt nüchtern fest. »Wenn du mich nicht getroffen hättest, lägst du schon längst in der Gosse. Du hast keine Klasse. Weißt du, was ich mache, wenn wir endlich das große Ding gelandet haben? Ich kauf mir eine Villa in Beverly Hills. Spiel den Leuten einen erfolgreichen Geschäftsmann vor, der sich zur Ruhe gesetzt hat. Ich fahr in einem teuren Cabrio durch die Gegend und geh teuer essen.«

»Das ist doch langweilig, Mann.« Fatso biß genüßlich in sein Sandwich. »Außerdem haben wir gar keinen großen Job in Aussicht. Mit den paar Dollar, die wir für diesen Job kriegen, kommen wir nicht weit. Wir hätten den Auftrag gar nicht annehmen sollen.«

»Bist du irre?« brauste Schmitt auf. »Das ist der beste Job, den wir jemals hatten! Na, schön, zwanzigtausend sind nicht die Welt, aber diese Anzugträger sind wichtig. Ich hab ihre Gesichter in der Tiefgarage nicht gesehen, dafür sind sie zu schlau, aber ich weiß, daß sie für einen dieser großen Ölkonzerne arbeiten. Die haben riesige Aufträge zu vergeben.« Er lachte trocken. »Weißt du, wieviel Dreck diese Konzerne am Stecken haben? Die bekämpfen sich bis aufs Messer, und fast jeden Tag gibt es Mord und Totschlag! Den Leuten wird vorgegaukelt, daß die Mafia oder irgendein anderer Verein hinter den Sauereien steckt, aber in Wirklichkeit geben die Konzerne selber den Auftrag.«

»Bist du sicher?« fragte Fatso ungläubig. »Wir wissen doch gar nicht, für wen wir arbeiten. Die Kerle haben uns die Hälfte der Kohle dagelassen und sind wieder verschwunden, aber niemand kann beweisen, daß sie für eine Ölfirma arbeiten.«

»Weil die Konzerne nicht so doof sind wie der Typ in Seattle, für den wir mal gearbeitet haben! Die feinen Herrschaften machen sich nicht die Finger schmutzig, die beauftragen irgendwelche Strohmänner, und die schicken uns los. Wenn was schiefläuft, wandern wir in den Knast, aber die Konzerne behalten ihre weiße Weste. So läuft das in den oberen Etagen, Mann.«

»Und du meinst wirklich, wir stauben einen großen Auftrag ab?« fragte Fatso, nachdem er länger nachgedacht hatte. »Was meinst du? Wieviel könnte dabei abfallen?«

»Eine halbe Million! Mindestens!«

»So viel? Und was müssen wir dafür tun?«

Schmitt verzog den Mund. »Weniger als jetzt. Wir müssen eine Stufe höher rutschen, das ist alles. Oder meinst du, diese Strohmänner haben nicht kassiert? Ich sage dir, wenn wir zwanzigtausend bekommen, stauben die mindestens zehnmal soviel ab!«

»Wow!« stieß Fatso andächtig hervor. Er stopfte den letzten Bissen seines Sandwiches in den Mund und dachte angestrengt nach. Vielleicht bleibe ich doch noch eine Weile bei Schmitt, dachte er, ein paar Monate, bis wir an das große Geld kommen. Dann kann ich immer noch abhauen. Vielleicht kriege ich ja genug Geld zusammen, um selber einen Laden aufzumachen. Ich such mir eine heiße Braut und laß es mir 'ne Weile gutgehen.

Der Bärtige blickte nach draußen und schüttelte sich vor Unbehagen. Er mochte diese Gegend nicht, und er hätte alles dafür gegeben, in Anchorage in einem bequemen Hotelbett zu liegen. Das rosarote Zukunftsbild mit dem eigenen Restaurant und der heißen Braut verblaßte, und er dachte wieder daran, daß sie diesen Auftrag noch lange nicht ausgeführt hatten.

»Was willst du unseren Auftraggebern erzählen, wenn

138

du sie in Anchorage triffst?« fragte er nervös. »Die wissen doch längst, daß wir den Falschen erwischt haben. Was machen wir jetzt?«

Schmitt winkte ab. »Die wissen gar nichts«, meinte er. »Hier wird doch alle paar Monate ein Buschflieger vermißt. Die ahnen nicht mal, daß wir hinter der Sache stecken. Nicht mal die Bullen haben gemerkt, daß wir losgeflogen sind. Wir legen die Kinder um, dann gibt es keine Zeugen mehr, die uns den Absturz in die Schuhe schieben können. Wir schnappen uns den Kraut, ich ruf die Strohmänner an, und wir kassieren die zweite Hälfte.«

»Du hast ihre Telefonnummer?« fragte Fatso verwundert. Er kratzte sich am Kinn.

»Eine Funknummer«, antwortete Schmitt. »Sobald der Auftrag erledigt ist, geben sie das Handy wieder zurück. Die mieten sich so ein Ding mit dem Mietwagen, oder meinst du, die sind auf den Kopf gefallen? Die haben falsche Kreditkarten, den ganzen Schmus, den wir auch brauchen, wenn wir soweit sind.«

»Und wann sind wir soweit?«

»Sobald wir den Kraut umgelegt haben.«

»Wie willst du das anstellen?«

»Weiß ich noch nicht«, antwortete Schmitt ehrlich, »aber das ist meine kleinste Sorge. Der ist sowieso nervös, weil seine Kinder weg sind. Der paßt bestimmt nicht auf, was hinter ihm vorgeht.«

Melanie spürte einen kalten Schauder. Erst jetzt wurde ihr klar, wen Bommelmütze mit »Kraut« meinte. Kraut, so hatten die Amerikaner die deutschen Soldaten im Krieg genannt, weil sie angeblich soviel Sauerkraut aßen. Kraut, das war ihr Vater! Sie wollten ihren Vater umbringen! Sie hatten es gar nicht auf Don Edward abgesehen! Sie hatten gedacht, daß ihr Vater mit dem Piloten fliegen würde, deshalb hatten sie sich an der Ölleitung zu schaffen gemacht! Sie hatten den Falschen erwischt!

Auch Philip hatte das inzwischen begriffen. Er hielt die Luft an und tastete hilfesuchend nach seiner Schwester. Auf dem Speicher war es stockdunkel, und sie konnten einander nicht sehen. Melanie berührte seine Hand und flüsterte: »Leise! Ganz leise!«

Sie preßte die Lippen aufeinander und spähte durch den Spalt zwischen den Brettern. Es dämmerte bereits, und sie konnte die Männer nur noch undeutlich erkennen. Sehnsüchtig blickte sie auf die Hühnerschenkel und die Sandwiches, die Bommelmütze auf den Tisch geworfen hatte. Ein widerlicher Kerl. Er sprach von einem Mord wie andere Leute vom Wetter. Der Bärtige zeigte wenigstens ein bißchen Gefühl, er hätte längst aufgegeben, wenn Bommelmütze nicht gewesen wäre. Sie schloß die Augen und dachte angestrengt nach.

Warum wollten sie ihren Vater umbringen? Zwei Strohmänner eines großen Konzerns hätten ihnen den Auftrag dazu gegeben, das passierte doch nur in diesen Mafia-Filmen, die fast jede Woche im Fernsehen liefen. Oder gab es so etwas wirklich? Warum wollte ein Konzern ihren Vater loswerden? Er hatte doch niemandem etwas getan. Hatte es mit dem Geschäft zu tun, mit diesem Unfall im Prince William Sound? Irgend jemand wollte anscheinend verhindern, daß ihr Vater seine Arbeit tat. Waren die Ölkonzerne so miteinander verfeindet, daß sie schon Killer anstellten, um der Konkurrenz eins auszuwischen? Das konnte sie nicht glauben.

Sie spürte, daß Philip zu zittern begann, und drehte sich besorgt um. Die Wärme des Ofens stieg zu ihnen herauf, und er fror bestimmt nicht mehr. »Was ist?« flüsterte sie. »Bist du krank?«

140

Der Junge verkrampfte sich. »Ich muß niesen«, antwortete er leise. »Hier ist soviel Staub!« Er hielt sich gerade noch rechtzeitig eine Hand vor die Nase und unterdrückte ein lautes Schnauben.

»Was war das?« fragte Schmitt erschrocken.

»Ich hab nichts gehört«, antwortete der Bärtige gelangweilt. Er war müde und hing schläfrig auf dem Stuhl. Den Anorak hatte er halb geöffnet. Er hatte wieder Holz in den Ofen geworfen und träumte von einem Hotelbett und seiner letzten Freundin.

»Da war doch ein Geräusch!«

»Ich hab mich umgedreht.«

»Du warst das?«

»Ich hab die ganze Zeit mit dem Rücken zum Ofen gesessen«, meinte Fatso gelangweilt. »Meinst du, ich will verbrennen?«

»Warum haust du dich nicht auf die Pritsche?«

»Die steht zu weit vom Ofen weg.«

»Dann schieb sie halt näher hin!« Schmitt schüttelte verständnislos den Kopf. »Hau dich aufs Ohr und jag mir nicht einen solchen Schrecken ein. Ich übernehme die erste Wache.«

»Hier kommt sowieso niemand.«

»Und die Bullen? Die Ranger? Nee, ich will hellwach sein, wenn die hier runterkommen. Ich hab schon ganz andere Sachen erlebt. Oder laß einen Trapper reinkommen. Ich hab keine Lust, von so einem Blödmann abgeknallt zu werden.«

»Okay, weck mich dann.«

»Schnarch nicht so laut!«

Die Kinder atmeten erleichtert auf. Sie waren noch einmal davongekommen. Die Schurken hatten nichts gemerkt, und der Bärtige schlief so geräuschvoll, daß sie nicht mehr ganz so leise sein mußten. Sein Schnarchen klang wie eine alte Säge.

Melanie bewegte sich und vertrieb den Krampf aus ihrem linken Bein. »Bist du okay?« flüsterte sie ihrem Bruder ins Ohr.

»Ja«, kam die leise Antwort. Philip klang eingeschüchtert. »Sie wollen Papa umbringen.«

»Ich weiß«, sagte das Mädchen. »Aber das wird ihnen nicht gelingen. Sobald wir eine Siedlung erreicht haben, rufen wir die Polizei an. Auch bei den Indianern gibt es ein Telefon.«

»Und wenn wir nicht schnell genug hinkommen?« fragte er besorgt. »Wenn die Schurken morgen zurückfliegen und Papa erschießen?«

»Die fliegen erst nach Fairbanks, wenn sie uns erschossen haben«, flüsterte sie in das Ohr ihres Bruders. »Aber sie finden uns nicht, auf keinen Fall, und wenn sie weg sind, hauen wir ab. Okay?«

»Okay«, flüsterte Philip zurück.

»Versuch ein bißchen zu schlafen«, forderte Melanie den Jungen auf. »Solange der Kerl schnarcht, hört dich der andere nicht. Ich bleibe wach und passe auf.«

»Weck mich, wenn ich mit dem Aufbleiben dran bin.«
»Mach ich.«

Melanie wechselte ihre Stellung und massierte ihre Arme und Beine. Es war unbequem auf dem harten Holzboden, und der Gedanke, die ganze Nacht auf dem Speicher zu verbringen, erschreckte sie, aber es gab keine andere Möglichkeit, wenn sie am Leben bleiben wollten. Ich darf nicht zulassen, daß sie Philip erschießen, sagte sie sich, ich bin für ihn verantwortlich. Sie beschloß, ihn erst zu wecken, wenn sie gar nicht mehr konnte.

Philip schlief sofort ein. Er träumte von einem sonnigen

Morgen an der Alster, es war Frühling, und er ging mit seinem Vater und seiner Schwester spazieren. Manchmal blieben sie stehen und fütterten die Schwäne. Sie spielten Volleyball auf der großen Wiese, und er nahm Melanie einen Punkt nach dem anderen ab. Mittags gingen sie essen, in eines dieser gemütlichen Steakhäuser mit den großen Salatbüfetts. Er holte sich einen großen Teller mit Maissalat und bestellte das größte Steak, das sie hatten. Mit einer gebackenen Kartoffel und diesem weißen Dressing, das nach frischer Sahne schmeckte. Nachmittags gingen sie ins Kino, wie sie es meistens taten, wenn sie einen gemeinsamen Sonntag in der Stadt verbrachten, und sahen sich einen Trickfilm von Walt Disney an. *Der König der Löwen.* Den hatten sie zwar schon zweimal gesehen, aber er war immer wieder schön. Einen »Family Day« nannten sie einen solchen Tag.

Auch Melanie dachte an ihren Vater, aber ihre Bilder waren weniger schön, und sie ballte wütend die Fäuste. Sie sah die beiden Schurken, wie sie ihrem Vater in der Tiefgarage des Ölkonzerns auflauerten. Sie kamen hinter einem Auto hervor und schossen ihn ohne Vorwarnung über den Haufen. Ihr Vater merkte kaum, wie ihn die Kugel traf. Er brach einfach zusammen und starb auf dem kalten Betonboden. Die Schurken stiegen lachend in ihren Wagen und rauschten mit quietschenden Reifen davon.

Sie sah ihren Bruder, wie er heulend am Grab stand und Blumen auf den Sarg warf. »Warum?« rief er immer wieder. »Warum haben sie Papa umgebracht? Jetzt hab ich überhaupt niemanden mehr!« Und sie hörte ihn schluchzen und verzweifelt schreien, und als sie ihn trösten wollte, riß er sich los und rannte davon.

So weit durfte sie es nicht kommen lassen! Es war schlimm genug, daß ihre Mutter gestorben war, aber ein zweites Unglück durfte nicht geschehen! Sie würden diesen Kerlen entkommen, und dann würden sie zur Polizei gehen und ihnen alles berichten, was sie gehört und gesehen hatten. Bommelmütze und der Bärtige würden ins Gefängnis wandern und nie mehr herauskommen. Dafür würde der Richter schon sorgen. Im Amerika waren sie knallhart, da mußten sie für ihre Verbrechen büßen!

Sie blickte wieder durch den Spalt, aber außer dem Glühen des Ofens war nichts mehr zu erkennen. Einmal stand Bommelmütze auf und warf neues Holz in den Ofen, und dann war wieder alles still. Draußen herrschte tiefe Nacht, nicht einmal der Mond war am Himmel erschienen. Das Fenster war schwarz. Sie betete leise und dankte Gott auch dafür, daß der Ofen brannte und sie nicht frieren mußten. Der Bärtige schnarchte immer noch, obwohl Bommelmütze wütend auf ihn einredete.

Sie hörte, wie Schmitt sein Gewehr überprüfte, hörte das Klicken der Patronen und ein schnappendes Geräusch, als er das Gewehr durchlud. Philip tat dasselbe mit seinem Spielzeuggewehr, wenn er einen Action-Film gesehen hatte und Bruce Willis in »Stirb langsam« spielte.

Sie wußte nicht, daß Schmitt mit seinen Gedanken ganz woanders war. Bei seiner Villa in Beverly Hills und bei dem blonden Starlet, das er in einen vornehmen Club ausführte. Er trug einen weißen Anzug und funkelnde Lackschuhe, und sein Haar war gewachsen und im Nakken zu einem kleinen Pferdeschwanz gebunden. So wie es diese Modeheinis trugen. Schmitt glaubte, daß die Mädchen in Beverly Hills auf eine solche Frisur standen und er nur noch mit dem Finger zu schnippen brauchte, um eine dieser Luxusbräute zu bekommen. Er lächelte genießerisch und leckte sich über die Lippen.

Für seinen schnarchenden Kumpan hatte er nur ein

müdes Lächeln übrig. Er würde es nie zu etwas bringen, er war einfach nicht dafür geschaffen. Er würde sein Leben lang billige Hühnchen und schlechte Sandwiches runterschlingen, und wenn er großes Glück hatte, fand er vielleicht eine Braut, die auf dieses einfache Leben stand. Ihm war es egal. Sobald er für einen Konzern arbeitete, würde er ihn zum Teufel jagen. Es machte einen schlechten Eindruck, wenn man sich mit einem Verlierer zeigte.

Manchmal fragte er sich, warum er so lange mit einem Dummkopf wie Fatso zusammengearbeitet hatte. Der Kerl machte sich fast in die Hose, wenn es ans Eingemachte ging, und wenn er unter Druck stand, drehte er fast durch. Na, schön, er konnte eine Cessna fliegen, damit hatte er mal einer Braut imponieren wollen, die ihm dann doch davongelaufen war. Er gehorchte seinen Befehlen, und er war mit dem Hungerlohn zufrieden, den er von seinem Honorar abzwackte. Kein anderer hätte geglaubt, daß sie für einen solchen Job nur zwanzig Riesen bekamen. Er schluckte es und war mit den dreißig Prozent zufrieden, die in Wirklichkeit nur ein Bruchteil von dem Lohn waren. Das war aber auch alles.

Um zwei Uhr weckte Schmitt seinen schnarchenden Kumpan. Er rüttelte ihn, bis er von der Pritsche fiel und sich laustark beschwerte. »Du bist dran«, sagte Schmitt, »und schlaf ja nicht ein!«

Melanie weckte ihren Bruder mit einem Flüstern, und sie verfolgten gespannt, wie das Gesicht des Bärtigen sekundenlang im Feuerschein des Ofens auftauchte. Dann klappte die Ofentür zu, und ein Stuhl wurde gerückt. Das Schnarchen von Bommelmütze drang zu ihnen herauf. Minuten später war auch Fatso wieder eingeschlafen, und Melanie sagte leise: »Schlaf noch 'ne Runde! Ich weck dich nachher, wenn der Bärtige wieder aufwacht.«

Philip war viel zu müde, um zu protestieren. Er drehte sich auf die andere Seite und sank erschöpft in einen neuen Traum. Als er einige Stunden später von der Kälte geweckt wurde, drang die erste Helligkeit durch die Ritzen nach oben, und er sah, wie seine Schwester einen Finger auf ihren Mund legte.

»Wach endlich auf, du Versager!« schallte die Stimme von Bommelmütze herauf. »Oder willst du den ganzen Tag pennen?«

Fatso schreckte hoch und fiel beinahe vom Stuhl. »Was ist denn los?« rief er erschrocken. »Hab ich irgendwas verpaßt?«

»Sag bloß, du hast die ganze Nacht geschlafen!« fuhr Schmitt ihn an. »Ich sollte dich erschießen, du Vollidiot!«

»Es ist doch nichts passiert!«

Schmitt spuckte seinem Kumpan zwischen die Beine und schüttelte ärgerlich den Kopf. »Wir müssen los, Mann! Geh endlich raus und wirf die verdammte Maschine an! Mach schon!«

»Was ist mit den Sandwiches?« fragte Fatso mit einem hungrigen Blick auf den Tisch, wo immer noch die Brote von Bommelmütze lagen. »Willst du die etwa hierlassen?«

»Die kann man sowieso nicht essen, Mann! Laß sie liegen, und mach endlich voran!«

Der Bärtige öffnete widerwillig die Tür und ging nach draußen in die Kälte. Bommelmütze folgte ihm. Melanie und Philip beobachteten erleichtert, wie sie in die Cessna stiegen und davonflogen.

Die Wölfe greifen an

Endlich konnten sie ihr Versteck verlassen, und Philip verschlang gierig eines der Sandwiches. Es war miserabel, aber wenn man tagelang durch den Schnee gestapft war und nichts bekommen hatte, schmeckte es besser als ein Festessen. Dazu gab es heißes Schmelzwasser, das Melanie auf dem Ofen erhitzte. Sie freute sich über die zufriedene Miene ihres Bruders. Er war immer hungrig, stand zu Hause sogar nachts auf und verschlang heimlich die Reste vom Abendessen. Sie begnügte sich mit einem Hühnerschenkel. Ihr Bruder war jünger und brauchte das Essen viel dringender. Sie selbst würde schon noch eine Weile durchhalten.

Nach dem Frühstück trat Melanie besorgt ans Fenster. Es schneite wieder, und über der Schlucht hing ein grauer und verwaschener Himmel. Ein schlechtes Zeichen. Das war kein früher Kälteeinbruch, der nach zwei oder drei Tagen von freundlicher Herbstsonne abgelöst wurde. Das war der Winter. Die kalte Jahreszeit hatte im nördlichen Alaska begonnen, und es würde nicht mehr lange dauern, bis eisige Blizzards über das Land brausten und die Temperaturen in den Keller fielen. Dann fiel ewige Dunkelheit über den hohen Norden, und fast alles Leben erstarrte unter einer Eisschicht.

Bis jetzt hatten sie Glück gehabt, großes Glück sogar. Sie hatten nachts eine trockene Bleibe und etwas zu essen gefunden. Sie hatten sich an einem Feuer wärmen können. Sie waren den wilden Tieren und den gefährlichen Verbrechern entkommen. Das war mehr, als sie in ihrer Lage erwarten konnten.

Aber Melanie konnte sich nicht freuen. Ihre Aussichten

waren alles andere als rosig, auch wenn sie bisher gut vorangekommen waren. Sie wußten nicht, wo sie waren. Sie hatten keine Ahnung, wie weit es bis zur nächsten Siedlung war und ob es in dieser einsamen Wildnis überhaupt Menschen gab. Sie hatten keine Karte, nach der sie sich richten konnten, und es war ihnen unmöglich, die Entfernung zur Pipeline und zum Dalton Highway abzuschätzen. Auf die Ranger durften sie sich nicht mehr verlassen. Es sah nicht so aus, als würde man nach ihnen suchen, jedenfalls nicht in dieser Gegend. Das Land war einfach zu riesig.

Sie wandte sich vom Fenster ab und sah ihren Bruder an. »Wir müssen weiter«, sagte sie. »Lange kann es nicht mehr dauern, bis wir aus den Bergen raus sind. Kannst du noch?«

»Ich bin okay«, erwiderte der Junge. Er leckte sich zufrieden über die Lippen, fuhr sich mit einer Hand durch die Strubbelhaare und setzte seine Mütze auf. Dann zog er den Reißverschluß seines Anoraks hoch. »Ich weiß gar nicht, was die Männer hatten, die Brote waren doch gar nicht so schlecht.«

»Der Hunger treibt's rein«, meinte das Mädchen.

Philip deutete auf die wirbelnden Flocken vor dem Fenster. »Sieht ziemlich mies aus, das wird ja immer schlimmer. Meinst du, wir treffen heute einen Trapper? Oder einen Indianer? Das nächste Dorf kann doch auch nicht mehr weit sein.«

Hast du eine Ahnung, dachte Melanie bekümmert. »Bestimmt«, antwortete sie. »Aber wir müssen ordentlich laufen. Wenn es weiter so schneit, ist das gar nicht so einfach.«

»Schade, daß hier keine Schneeschuhe rumliegen.«

»Wir kommen schon durch«, behauptete Melanie. Sie

hängte sich das Glöckchen um und trat ins Freie. Draußen blieb sie stehen. Sie wartete, bis Philip neben ihr war, und schüttelte sich. »Es ist kälter geworden, mindestens zehn Grad minus.«

»Wohin wollen wir gehen?«

»Weiter nach Osten«, sagte sie, »aus dem großen Tal raus und zum Ufer eines größeren Flusses. Wenn alles schiefläuft, können wir ein Floß bauen und zur nächsten Siedlung fahren.«

»Ein Floß? Dazu braucht man 'ne Axt!«

Daran hatte Melanie nicht gedacht. »Vielleicht kommt ein Boot vorbei, ein Trapper auf der Jagd oder ein paar Angler, die zu lange in den Bergen waren. Wir kommen schon klar.«

Sie marschierten in die wirbelnden Flocken hinein. Der Schnee reichte ihnen schon über die Knöchel, und sie kamen nur langsam voran. Sie liefen jetzt im Gänsemarsch und wechselten sich alle paar Minuten ab, damit immer einer in den Spuren des anderen laufen konnte und sie nicht so schnell müde wurden. Auch das hatte Melanie in einem Roman von Jack London gelesen, allerdings hatten die Helden des Buches ein Paar Schneeschuhe dabeigehabt. Sie stapften in das weite Tal zurück und erreichten einen steilen Hang, den sie hinunterrutschten, dann stiegen sie über einen schmalen Pfad in ein weiteres Tal hinab. Das Land veränderte sich kaum.

Zwei Stunden später deutete Melanie nach vorn. »Schau doch«, rief sie erfreut. »Da sind Bäume, richtige Bäume! Wir haben es fast geschafft!«

Vor ihnen lag eine weite Ebene, die fast wie ein gefrorener See aussah, aber auf der anderen Seite waren Felsen und einige Fichten zu erkennen. Sie hoben sich dunkel gegen den Dunst ab, der wie feuchter Nebel über dem

Land hing. Dahinter stiegen die schattenhaften Umrisse einiger Berge in den Himmel.

»Da ist bestimmt ein Fluß«, meinte Melanie hoffnungsvoll. »Du wirst sehen, jetzt begegnen wir bald irgendeinem Menschen!« Sie drehte sich zu ihrem Bruder um und lächelte ihn aufmunternd an.

Philip freute sich still. Er dachte an seinen Vater und daran, wie er ihn in die Arme schließen würde, und er schmeckte heißen Kakao, wie Don ihn immer gekocht hatte. Die Gedanken gaben ihm neue Kraft, und er löste freiwillig seine Schwester ab und stapfte vor ihr durch den Schnee. Der Wind hatte ihn zu Verwehungen aufgeworfen, und sie mußten immer wieder Umwege laufen, damit sie nicht bis zu den Hüften einsanken. Auf der Ebene war der Wind stärker, und sie zogen wieder ihre Schals hoch, um besser gegen die kalten Nadelstiche geschützt zu sein.

Ein langes Heulen drang über den Schnee. Der Laut stand sekundenlang in der kalten Luft, schien als vielfaches Echo von den fernen Bergen zurückzukommen. Die Antwort kam aus einer anderen Richtung und klang genauso unheimlich.

Melanie und Philip erstarrten. Sie blickten ängstlich über das weite Schneefeld, suchten den Horizont ab, und es dauerte eine ganze Weile, bis Melanie das gefürchtete Wort aussprach: »Wölfe!«

Philip griff nach ihrer Hand. In seinen Augen war wieder die Angst, die er vor dem Bären gespürt hatte, ein furchtbares Gefühl, das seinen Körper wie Eis ausfüllte. »Meinst du, die sind hinter uns her?« flüsterte er, als könnten ihn die Tiere hören.

Melanie schluckte ihre Angst hinunter und drückte die Hand ihres Bruders. »Wölfe greifen keine Menschen an, nur wenn sie verzweifelt sind und großen Hunger haben.

150

Im Zoo hatten wir auch Wölfe, die waren friedlicher als die Schimpansen.«

»Und wenn sie Hunger haben?«

»Glaub ich nicht«, beruhigte Melanie ihn. Sie dachte an das, was Don Edward während des Fluges erzählt hatte, daß es zu viele Wölfe in Alaska gab und sie kaum noch Nahrung fanden. »In dem Reiseführer steht, daß Wölfe nur ganz selten auf Menschen losgehen. Die haben sogar Angst vor ihnen.«

»Wie die Bären?«

»Wie die Bären.«

»Aber der Grizzly hat uns auch angegriffen.«

»Weil er seine Jungen beschützen wollte«, erinnerte sie ihn. Sie schlug gegen das Glöckchen, das bei jedem Schritt vor ihrer Brust bimmelte. »Normalerweise machen sie einen großen Bogen um uns.« Sie lächelte. »Du brauchst keine Angst zu haben.«

»Aber warum heulen die Wölfe dann?«

»So verständigen sie sich untereinander«, erklärte Melanie. Immerhin hatte sie in Biologie eine Eins. »Nach der Jagd, oder weil einer von ihnen vom Rudel getrennt wurde oder weil sie irgend etwas entdeckt haben. Jedes Rudel hat ein Revier, und wenn Gefahr droht, alarmieren sie die anderen mit ihrem Geheul.«

»Dann haben sie uns entdeckt.«

»Sie greifen uns nicht an.«

Die beiden marschierten weiter. Sie hatten das Schneefeld noch nicht einmal zur Hälfte überquert und merkten erst jetzt, wie groß es war. Bis zu den Bäumen waren es bestimmt noch tausend Meter. Es wurde immer kälter. Der Wind wirbelte den Schnee zu feinen Schleiern auf und fegte Eiskristalle durch die kalte Luft. Die Schneedekke unter ihren Stiefeln war harsch geworden und knisterte, wenn sie darauftraten. Sie liefen immer noch hintereinander, aber Philip hielt sich am Anorak seiner Schwester fest und blieb dicht bei ihr. Immer wieder blickte er sich um.

Abermals dieses unheimliche Heulen, diesmal näher und so durchdringend, daß sie erneut stehenblieben und wie gebannt in den grauen Dunst blickten. Weit konnten die Wölfe nicht sein.

»Das kommt aus den Bergen, da drüben«, sagte Melanie. Sie deutete nach Norden, wo schroffe Felswände aus dem Schnee ragten und in den tiefhängenden Wolken verschwanden.

Philip nickte stumm. Er stellte sich vor, wie ein einsamer Wolf auf einem Felsvorsprung stand und neugierig zu ihnen herabblickte. Er sah sein gieriges Maul und seine zitternden Flanken. Ein gehetzter Wolf, der lange nichts gefressen und endlich zwei schwache Opfer gefunden hatte. »Ich hab Angst«, sagte er.

»Wenn wir im Wald sind, kann uns nichts mehr passieren«, tröstete Melanie ihren Bruder. »Dann sehen sie uns nicht mehr. Und wenn sie wirklich kämen, können wir auf einen Baum klettern.«

Das war natürlich Unsinn, denn sie waren nicht schnell genug, um angreifenden Wölfen zu entkommen. In der Schule hatte sie gelernt, daß Wölfe doppelt so schnell wie ein junger Mann rannten. Selbst auf einem Baum waren sie nicht sicher. Die Wölfe würden einfach warten, bis sie vor lauter Erschöpfung herunterfielen. Aber sie wollte ihren Bruder nicht erschrecken. Es war schon schlimm genug, daß er sich vor dem Heulen fürchtete.

Sie hatte ja selber Angst. Ohne eine Waffe hatten sie keine Chance gegen wilde Tiere. Auf dem Schneefeld waren sie verwundbar wie junge oder kranke Karibus, die hinter der Herde zurückgeblieben waren. Ein willkommenes Opfer für Wölfe, deren besondere Fähigkeit es war, solche Tiere zu erkennen und aufzuspüren. Wer einem Wolf zeigte, daß er schwach und verwundbar war, hatte schon verloren. Die Tiere griffen fast immer im Rudel an und ließen sich eine solche Gelegenheit sicher nicht entgehen.

Melanie beschleunigte ihre Schritte. »Schneller!« rief sie nach hinten. »Unter den Bäumen können wir eine Pause einlegen.«

»Aber die Wölfe sind doch gar nicht da«, sagte er.

»Der Schnee«, wich sie aus, »der Schnee wird immer stärker. Wenn hier draußen ein Blizzard kommt, können wir uns nirgendwo unterstellen. Ich denke, du läufst schneller als ich?«

»Und die Wölfe? Wenn sie sehen, daß wir Angst haben, greifen sie bestimmt an!« Er dachte an das Tier auf dem Felsvorsprung.

»Unsinn! Mach schon!«

Melanie griff nach der Hand ihres Bruders und zog ihn hinter sich her. Sein Murren überhörte sie. Sie lief immer schneller, rannte jetzt fast. Sie spürte, daß sie von Panik übermannt wurde. Eine innere Stimme sagte ihr, daß die Wölfe unruhig in den Felsen herumkletterten, ständig die Positionen wechselten und erwartungsvoll auf sie herabsahen. Sie waren bestimmt hinter ihnen her.

Das Heulen war jetzt ganz nahe, schien vor ihnen aus dem Schnee zu kommen. Ein langgezogener Klagelaut, der ihnen durch Mark und Bein ging und sie erschaudern ließ. Ein Wolf rief, und ein anderer antwortete. Sie schienen überall zu sein, in den Bergen und in der langgestreckten Senke, die sich rechts von ihnen erstreckte, sogar hinter ihnen, hinter den großen Schneehügeln, die der

Wind angeschwemmt hatte. Sie hatten das unheimliche Gefühl, von einer tödlichen Macht angegriffen zu werden, obwohl nur alle paar Minuten ein Wolf heulte und sie noch kein einziges der grauen Tiere gesehen hatten. Die weite Ebene lag weiß und leer vor ihnen, und die einzige Bewegung, die sie bemerkten, ging vom Wind aus, der den Schnee aufwirbelte.

Noch fünfhundert Meter bis zum Wald, vielleicht ein bißchen mehr. Melanie hatte ihre erste Panik überwunden und war jetzt wieder ruhiger. Ich darf nicht die Nerven verlieren, sagte sie sich immer wieder, ich bin für meinen Bruder verantwortlich, ich muß auf ihn aufpassen. Wenn er merkt, daß ich durchdrehe, bekommt er auch Angst. Ich muß so tun, als hätte ich überhaupt keine Angst, als wäre es gar nicht möglich, daß die Wölfe angreifen.

Sie blieb stehen und schnappte nach Luft. Der Wind war noch stärker geworden, und es war anstrengend, dagegen anzukämpfen. Die Schneeflocken wirbelten ihnen in die Augen und behinderten sie beim Sehen. Der Wald schimmerte wie eine dunkle Wand durch das Schneetreiben. »Ekelhaftes Wetter!« schimpfte sie. »Schade, daß wir keinen Schirm mitgenommen haben.«

Philip konnte nicht über den Witz lachen. Er hörte dem Wind zu, der pfeifend über das offene Land brauste, und blickte angsterfüllt zu den Felsen hinauf. Er sehnte das Heulen beinahe herbei, wie eine Erlösung, die seine Angst beenden würde, aber diesmal blieb es still, und sogar der Wind hielt sekundenlang den Atem an, bis er erneut losheulte und über die Ebene brauste.

Philips Brille beschlug sich zum wiederholten Male, seitdem sie abgestürzt waren, aber er tat nichts dagegen. Auch mit einer klaren Brille sah er nichts in diesem grauen Dunst, nichts außer dem Rücken seiner Schwester, die ihn wieder antrieb und ihm gut zuredete. »Nur noch ein paar hundert Meter, dann sind wir da!«

Die Wölfe kamen, als sie noch etwa hundert Meter vor dem Waldrand waren. Sie tauchten aus dem Nichts auf, waren zuerst nur als undeutliche Schatten, dann immer klarer zu sehen. Zehn Wölfe, sechs ausgewachsene und vier junge Tiere, die unruhig durch den tiefen Schnee liefen und jetzt keinen Laut mehr von sich gaben. Sie waren in der Nähe, das war Drohung genug, und deuteten an, daß sie die Zweibeiner als mögliche Opfer ins Auge gefaßt hatten. Ihre Körper bewegten sich geschmeidig in dem nebligen Dunst, und ihre Augen funkelten im schwachen Licht.

Melanie entdeckte die Wölfe zuerst. Sie sah die Umrisse der wilden Tiere im Schneetreiben und wunderte sich selbst, daß sie so ruhig und beherrscht reagierte. »Die Wölfe«, sagte sie zu ihrem Bruder. »Wir müssen jetzt ganz ruhig sein. Wir dürfen nicht durchdrehen, hast du gehört? Wenn sie merken, daß wir Angst haben und davonrennen, greifen sie sofort an. Komm jetzt!«

Philip beobachtete die Wölfe und begann zu zittern. Er fürchtete sich schon vor Hunden. Leise weinend deutete er immer wieder auf die Tiere, die unruhig durch den Schnee liefen, dann wieder stehenblieben und neugierig herübersahen.

»Hab keine Angst«, sagte Melanie. »Sie sind nur neugierig. Wir dürfen sie nicht reizen, das ist alles.« Es fiel ihr schwer, das zu sagen und ruhig zu bleiben, aber sie schaffte es, ihre Panik zu unterdrücken. Wenn ihr die Nerven versagten, drehte auch ihr Bruder durch, und dann waren sie auf jeden Fall verloren.

Sie nahm seine Hand und zog ihn hinter sich her. Nicht zu langsam, aber auch nicht zu schnell. Obwohl der Wind unvermindert über die Ebene blies, wirkte das Knirschen ihrer Stiefel im Schnee lauter. Der Wald schien jetzt weiter weg zu sein als zuvor, und sie mußte ihren ganzen Willen zusammennehmen, um nicht schreiend loszurennen.

»Sie greifen an, sie greifen bestimmt an!« flüsterte Philip.

»Bleib ruhig!« warnte sie ihn eindringlich. »Du brauchst keine Angst zu haben! Sie haben selber Angst vor uns! Sobald wir den Wald erreicht haben, laufen sie weg, das kannst du mir glauben.«

»Sie greifen an, ich weiß es.«

Melanie wußte es auch. Sie drehte sich vorsichtig um und erkannte, daß die Wölfe noch näher gekommen waren. Ihre grauen Fellhaare waren aufgestellt, ihre Mäuler standen offen, und die großen Reißzähne schimmerten im matten Licht. Ihr Knurren klang bedrohlich, jagte vor allem Philip einen Schrecken ein.

»Schau dich nicht um! Lauf immer weiter!« sagte Melanie.

Philip weinte leise. Auch ohne sich umzudrehen, spürte er, daß ihm die Wölfe dicht im Nacken waren. Er roch ihre scharfe Ausdünstung, stellte sich ihre gelben Augen vor, die sie als leichte Opfer erkannten und entschlossen funkelten. Er dachte an den Bären und das große Glück, das sie vor seinen Zähnen gerettet hatte, und betete zu Gott, daß er ihnen noch einmal half.

Noch fünfzig Meter bis zum Waldrand. Viel zu weit, um jetzt schon zu rennen. Die Wölfe waren dicht hinter ihnen. Melanie blickte sich um und sah, daß nur ein Wolf den Schweif nach oben gerichtet hatte. Das war der Anführer, er würde das Signal zum Angriff geben. So stand es in ihrem Biologiebuch. Sie erinnerte sich sogar an das Foto, das neben dem Text stand. Ein Wolfsrudel, das ein hilfloses Karibu angriff. Die Wölfe hatten es in die Enge getrieben und warteten nur auf das Zeichen ihres Anführers, die Beute anzufallen und sie zu zerreißen.

Die Augen des Anführers blitzten. Er war ein großer Wolf mit starken Beinen, und über seine Schulter lief eine häßliche Narbe. Die hatte er sich bei einem Kampf mit einem Rivalen geholt. Er war unbesiegt, und der Hunger hatte ihn und sein Rudel aus den Bergen getrieben, um hier nach Beute zu suchen.

Melanie fühlte, wie entschlossen die Wölfe waren. Sie sah, daß sie keine Chance mehr hatten, und wollte wenigstens versuchen, den Wald zu erreichen. Vielleicht schafften sie es ja doch, bis zu den ersten Bäumen zu kommen und einen großen Ast zu finden. Mit dem würde sie auf den Leitwolf einschlagen, während Philip auf den nächsten Baum kletterte. Vielleicht konnten sie den Angriff abwehren.

»Wenn ich es sage, laufen wir los!« sagte sie leise. Ihre Stimme zitterte nicht einmal. »Wir laufen zum Waldrand, und du kletterst so schnell wie möglich auf einen Baum. Okay?«

»Okay«, antwortete Philip.

»Dann los!« rief Melanie.

Sie rannten um ihr Leben. Hetzten und stolperten durch den Schnee, bis sie das furchterregende Knurren der Wölfe in ihrem Nacken spürten und erkannten, daß es keinen Zweck hatte.

Die Wölfe waren schneller.

Melanie drehte sich um und erkannte den entschlossenen Blick des Leitwolfs, der immer näher kam, zum Sprung ansetzte und seine scharfen Zähne entblößte. Im selben Augenblick krachte ein Schuß, und sie stürzte kopfüber in den tiefen Schnee.

Der Trapper vom Fluß

Die Kugel erwischte den Wolf mitten im Sprung. Sie traf genau ins Herz, und er war schon tot, als er auf das Mädchen fiel und sie in den Schnee riß. Die anderen Wölfe nahmen erschrocken Reißaus. Philip stand wie zu Stein erstarrt und beobachtete, wie sie jaulend davonliefen und im feuchten Nebel verschwanden.

Melanie drückte den toten Wolf zur Seite und blieb erschöpft im Schnee sitzen. Sie atmete schwer. »Ich bin okay«, sagte sie zu ihrem Bruder. »Es ist nichts passiert! Ich bin okay, hörst du?«

Er starrte weiterhin in den Nebel, obwohl die Wölfe längst verschwunden waren. Er hatte immer noch ihr Knurren und Fauchen in den Ohren und erwartete, daß sie jeden Augenblick zurückkehrten und ihn ansprangen. Als sich seine Spannung löste, begann er leise zu weinen. »Melanie«, flüsterte er ängstlich.

Sie stand auf und schloß ihn in die Arme. Verwundert stellte sie fest, daß sie vollkommen ruhig war. Kein Schreien, kein Heulen, nur ein leichtes Zittern. Irgendwie hatte sie noch nicht ganz kapiert, was geschehen war. Sie fummelte an der Mütze ihres Bruders herum und streichelte ihn. »Es ist alles okay, hast du gehört?«

»Die Wölfe«, schluchzte er, »sie haben uns angegriffen ...«

»Jetzt sind sie weg«, beruhigte sie den Jungen. »Du brauchst keine Angst mehr zu haben.« Sie deutete auf den toten Leitwolf, der in einer Blutlache vor ihnen lag. »Er ist tot, siehst du? Ihr Anführer ist tot. Ohne ihn greifen sie bestimmt nicht mehr an.«

»Wirklich?«

»Ganz bestimmt«, versprach sie.

Philip riß sich wütend los. »Das hast du vorhin auch gesagt! Du hast gesagt, daß sie Angst vor uns haben. Daß sie nur angreifen, wenn sie großen Hunger und nichts anderes zu fressen haben.«

»Das stimmt auch.«

»Dann hatten sie nichts zu fressen?«

»Es gibt zu viele Wölfe«, erklärte sie. »Wahrscheinlich ist der Winter zu früh gekommen, und sie wußten, daß sie im Schnee nichts mehr finden würden. Hier oben gibt es keine Elche.«

»Nur den alten Moose«, kam eine Stimme vom Waldrand her, »den König aller Trapper zwischen Fairbanks und dem Eismeer. Das war ein glatter Blattschuß, habt ihr das gesehen?«

Die Kinder fuhren herum und sahen einen Mann auf sich zukommen. Sein Alter war schlecht zu schätzen. Sechzig, siebzig, vielleicht noch älter. Er schwankte beim Laufen wie ein Seemann, der nach vielen Wochen wieder an Land geht, und hielt eine neue Remington in den Händen. Er war wie ein Indianer aus dem letzten Jahrhundert gekleidet, trug eine Hose und eine Jacke aus Karibufell und einen schweren Mantel aus dem Fell eines Grizzlybären. Seine Mütze war aus Waschbärenfell gefertigt und mit der Schwanzfeder eines Raben verziert. An den Füßen trug er hochschäftige Mukluks aus Karibufell. Er kicherte leise vor sich hin.

»Moose Harper«, stellte er sich vor, »aber ihr könnt mich Moose nennen, das tut jeder.« Er grinste und zeigte dabei gelbe Stummelzähne. Mit dem Gewehrlauf berührte er den toten Wolf. »Prächtiger Bursche. Ich bin wohl gerade noch rechtzeitig gekommen, was?« Obwohl er nuschelte, war sein Englisch gut zu verstehen.

»Vielen Dank, Mister Moose«, brach es aus Melanie heraus. »Sie glauben ja gar nicht, wie wir uns freuen, Sie zu sehen! Wir dachten schon, wir treffen überhaupt keinen Menschen mehr.«

»Moose, einfach nur Moose«, verbesserte er.

»Moose«, wiederholte sie erleichtert. Erst jetzt fiel die Spannung endgültig von ihr ab. »Vielen Dank, Moose. Wir sind ja so froh!«

»Endlich«, sagte Philip nur.

Der alte Trapper kicherte wieder. Er sah wie ein Indianer aus oder wie ein Eskimo, so genau konnten die Kinder das nicht sagen. Sein Gesicht bestand aus unzähligen Falten, und seine Augen standen schräg und leuchteten im hellen Blau eines klaren Bergsees. Es waren die wachsamen Augen eines Jägers.

Er sicherte sein Gewehr. »Na, dann kommt mal mit«, sagte er mit seiner heiseren Stimme. »Ihr habt sicher Lust auf einen heißen Tee und ein ordentliches Elchsteak mit grünen Bohnen, was?«

Der Gedanke an ein solches Festmahl trieb den beiden das Wasser in den Mund. Sie starrten den Trapper ungläubig an und brachten vor lauter Staunen kein Wort hervor. Sie glaubten noch immer nicht ganz, daß sie in Sicherheit waren und ihnen kein Bär und kein Wolf mehr etwas antun konnte. Der Mann hatte ein Gewehr, und er verstand damit umzugehen, das hatte er bewiesen.

»Meine Hütte liegt unten am Fluß«, sagte er, »gleich hinter dem Wald. Ist nur eine halbe Stunde von hier.« Er ging voraus, blieb noch einmal stehen und sah sich um. »Na, was ist?«

»Wir kommen schon«, sagte Melanie schnell.

Sie rannten hinter dem Trapper her, und allmählich wurde ihnen bewußt, welches Glück sie gehabt hatten.

Der alte Mann war gerade noch rechtzeitig erschienen. Eine Minute später, und sie wären beide tot gewesen. Melanie wurde beinahe schlecht, als sie daran dachte. Sie blieb stehen und atmete die frische Luft ein.

»He, der Wolf ist dir wohl auf den Magen geschlagen?« rief Moose. Sie befanden sich jetzt im Wald, und der Schnee behinderte sie kaum noch. Auch der Wind war zwischen den Bäumen nur als kalter Hauch zu spüren. »Ich weiß, wie das ist, hab selber mal so einen Burschen am Wickel gehabt. Ist 'n paar Jahre her, damals gab's den kleinen Flughafen in Anaktuvuk Pass noch gar nicht, und wir wohnten in Itchaliks, das sind leichte Zelte aus Karibuhaut. Wir zogen den großen Herden nach, um für den langen Winter gerüstet zu sein, und meine Eltern ließen mich vor dem Zelt zurück.«

»Ganz allein?« fragte Philip. Er hatte sich wieder erholt und blickte den alten Trapper neugierig an. »Und dann?«

»Dann kam dieser Wolf. Ein Einzelgänger, ein rauher Bursche, der sogar Fliegendreck gefressen hätte, so hungrig war der. Na, ich war ein bißchen mehr als Fliegendreck, und er stürzte sich fauchend auf mich und wollte mich an der Gurgel packen, aber mein Pa hatte aufgepaßt und jagte ihm eine Kugel in den Pelz. So wie ich vorhin.« Er kicherte heiser. »Ist der Lauf der Welt, Mädchen, daran gewöhnt man sich, wenn man hier draußen wohnt. Die einen leben, und die anderen sterben, fressen und gefressen werden, so einfach ist das.«

Melanie hatte sich an einen Baum gelehnt. »Wir laufen schon seit zwei Tagen durch die Berge«, erklärte sie, »und haben kaum was im Magen.« Sie lief langsam weiter. »Wir sind mit einer Cessna abgestürzt, drüben ...«

»Das könnt ihr mir alles erzählen, wenn ihr gegessen habt«, wehrte Moose ab, »und bevor ich das Feuer nicht in Gang gebracht habe, höre ich sowieso nicht zu. Seid ihr allein?«

»Don ist tot«, antwortete sie. »Der Pilot.«

»Okay«, meinte der Trapper ernst. Er ahnte, was die Kinder durchgemacht hatten, und wollte sie erst mal aufpäppeln, bevor er sich alles haarklein erzählen ließ. Er schwankte in seiner seltsamen Art durch den Wald und blieb auf einer Anhöhe stehen. »He, da ist Cherry! Cherry, komm her, du alter Schlawiner!«

»Ein Wolf!« erschrak Philip.

Moose lachte. »Keine Bange, das ist nur der alte Cherry. Ein Husky, auch wenn er mehr wie 'ne Vogelscheuche aussieht. Seht ihr die Narbe über seinen Augen? Die hat er von einem Grizzly! Ihr hättet mal sehen sollen, wie der Bär aussah!«

Der Husky kam in weiten Sprüngen den Hügel heraufgerannt und sprang schwanzwedelnd an seinem Herrn hoch. Moose streckte ihm die Hände entgegen, und er leckte sie mit seiner langen Zunge ab. »Cherry, alter Bursche! Wie geht's dir? Willst du unsere neuen Freunde nicht begrüßen?«

Cherry verstand, daß die fremden Zweibeiner mit seinem Herrn befreundet waren, und liebkoste sie mit seiner Zunge. Melanie kraulte ihm lachend das Fell und nahm seinen Kopf in beide Hände. »Hallo, Cherry!« sagte sie. Philip war zurückhaltender und berührte den Hund kaum. »Hi«, meinte er schüchtern.

»Philip ist mal von einem Hund gebissen worden«, erklärte Melanie. Ihr fiel ein, daß sie sich noch gar nicht vorgestellt hatten, und sie sagte: »Das ist Philip. Ich bin Melanie.«

»Hi«, machte Moose den Jungen nach. Er kicherte wieder. »Du brauchst keine Angst zu haben«, sagte er zu

162

ihm. »Der alte Cherry legt sich nicht mit meinen Freunden an, der beißt nur Grizzlys!«

»Ein schöner Hund«, sagte Melanie begeistert.

Moose nickte. »War mein bester Leithund, damals, als ich noch mit 'nem Hundeschlitten unterwegs war. Jetzt hab ich so 'n neumodisches Snowmobile. Sieht nicht so gut aus wie der alte Cherry, frißt aber weniger, und im Sommer stell ich das Ding einfach in den Schuppen.« Er blickte dem Husky nach, der bereits vor der Hütte wartete, und rief: »He, Cherry, war irgendwas?«

Der Hund bellte zum Zeichen, daß die Luft rein war. Wenn er nicht auf die Jagd oder zu den Fallen mitdurfte, paßte er auf die Hütte auf. Er blieb schwanzwedelnd vor der Tür stehen.

»Braver Hund«, lobte Moose. Er tätschelte den Hund und stieß die Tür der Blockhütte auf. »Hast dir einen Happen verdient.«

Die Hütte des Trappers stand wenige Meter vom Ufer eines schmalen Flusses entfernt, ein kleines Haus aus schlanken Stämmen und großen Steinen, die Moose aus dem Fluß geholt hatte. Über der Tür hing ein Elchgeweih, neben der Tür standen das Snowmobile und ein Hundeschlitten im Schnee.

»Hab meinen Eisenhund auf Trab gebracht«, sagte er. »Zum Glück hab ich noch ein paar Kanister mit Benzin.« Er deutete auf das Snowmobile, das wie ein Motorrad mit Kufen aussah. Es wurde von einem Gummiband über starke Ketten angetrieben. »Den Schlitten haben schon meine Hunde gezogen. Ich hab die Tiere an den Pfarrer in Anaktuvuk Pass verkauft.« Seine traurige Miene verriet den Kindern, daß er die Tiere vermißte. »Nur Cherry hab ich behalten.« Er lachte wieder. »Er ist mein bestes Stück.«

Der Hund schien ihn zu verstehen und bellte laut. Er

163

wartete geduldig, bis Moose die Tür öffnete, und rannte ins Haus. Die Kinder folgten ihm. Sie legten ihre Anoraks und die Mützen und die Handschuhe aus und wärmten sich an der Glut im offenen Kamin. Melanie blickte sich staunend um. »Schön hast du's hier.«

Das Haus war sauber und gemütlich eingerichtet. Sogar ein Teppich lag auf dem Boden. Es gab einen Tisch und vier Stühle, ein Regal, in dem sich Geschirr und allerlei Krimskrams befand, eine Truhe, die auf ein Piratenschiff gepaßt hätte, einen alten Gasherd mit Töpfen und ein großes Bett, das mit einer Tagesdecke zugedeckt war. Knallrot, mit weißen Schäfchen darauf.

»Die hab ich von der schönen Sandra, weil ich immer so schlecht einschlafe«, meinte der Trapper kichernd. »Aber wenn ich die Schafe zählen will, muß ich 'ne Kerze anzünden, und dann schlaf ich erst recht nicht ein. Meine Sandra«, er blickte schwärmerisch auf die Decke, »sie ist schon eine tolle Frau!«

»Meine Freundin heißt auch Sandra«, sagte Melanie. »Sie sitzt in der Schule neben mir. Sie hat fast nur Einsen, nur in Biologie bin ich besser als sie. Sie will mal Computerfachfrau werden.«

»Wow!« staunte Moose. »Meine Sandra arbeitet im Supermarkt, unten in Bettles.« Er schlug die Hände gegeneinander. »So, aber jetzt mach ich euch erst mal was zu essen.« Er ging zum offenen Kamin, brachte das Feuer in Gang und machte sich am Herd zu schaffen. »Was ist da draußen passiert?« fragte er die Kinder, während er zwei Elchsteaks holte und sie fachmännisch salzte und pfefferte. »Ihr seid mit dem Flugzeug abgestürzt?«

»In den Bergen«, bestätigte Melanie. Sie erzählte alles, was sie seitdem erlebt hatten, und vergaß auch die beiden Schurken nicht, die ihnen auf den Fersen waren.

»Der eine hat eine weiße Bommelmütze auf«, fügte Philip hinzu, »und der andere hat ein paar Pfunde zuviel und einen Bart. Sie haben Gewehre, so wie die Killer im Fernsehen. Automatische Gewehre!«

»Das ist übel«, meinte Moose nachdenklich. Dann kicherte er wieder. »Aber ich will verdammt sein, wenn ihr jetzt nicht in Sicherheit seid! Ich bring euch nach Bettles, gleich morgen früh, dann gehen wir zur Polizei und rufen euren Vater an, okay?«

»Natürlich«, erwiderte Melanie fröhlich. Sie beobachtete, wie Moose die Steaks in die heiße Pfanne warf und eine Dose mit Bohnen öffnete. Er schüttete sie in einen Topf. »Ist es weit nach Bettles? Wir dachten schon, hier gibt es überhaupt keine Stadt?«

Moose verteilte Fett in der Pfanne. »'ne Stadt würde ich Bettles auch nicht nennen, ist eher ein Kaff. Ein paar Häuser, 'ne Kirche, ein Supermarkt, eine Polizeistation, mehr gibt es da nicht.« Er drehte sich um. »Vielleicht zweihundert Meilen.«

»So weit?« erschrak Philip.

Der Trapper lachte. »Zweihundert Meilen sind hier gar nichts, die reißen wir in einem Tag runter.« Er kümmerte sich um Cherry, der seinen Trog leergefressen hatte und nach mehr verlangte.

Zweihundert Meilen! Die Kinder brauchten einige Zeit, um sich von diesem Schrecken zu erholen. Zweihundert Meilen, das bedeutete, daß sie die Siedlung zu Fuß niemals erreicht hätten, selbst wenn sie genau darauf zugehalten hätten! Irgendwo in der Schneewüste wären sie vor Erschöpfung und Hunger zusammengebrochen! Der Trapper hatte ihnen das Leben gerettet!

»He, was ist denn mit euch los?« rief Moose. »Hat's euch die Sprache verschlagen? Ihr sagt ja gar nichts mehr.«

Melanie holte tief Luft. »Wir sind richtig froh, daß Sie uns gefunden haben«, sagte sie dankbar. »Ich glaube, wir hätten keine zwanzig Meilen mehr geschafft! Wenn das so weiterschneit ...«

Moose blickte aus dem Fenster. Der Fluß und das gegenüberliegende Ufer waren im Schneetreiben kaum zu sehen, dabei waren sie keine hundert Meter entfernt. »Hast recht, der Winter kommt verflixt früh dieses Jahr. Hab ich schon vor ein paar Tagen gemerkt. Wenn ich vor dem zehnten Schaf einschlafe, wechselt das Wetter, das hab ich von meiner indianischen Mutter, die glaubte an so 'nen Hokuspokus. Sie war eine großartige Frau.«

»Bist du ein Indianer?« fragte Philip neugierig.

Der Trapper schaufelte die Steaks auf zwei große Teller und gab die Bohnen dazu. »Ein halber«, meinte er kichernd, »mein Vater war ein Inuit. Ein Nunamiut, so heißen die Inuit in Anaktuvuk Pass.« Er lachte wieder. »Aber irgendwo war noch ein weißer Forscher dazwischen. Ich glaub, ich bin von allem ein bißchen.« Er stellte die Teller auf den Tisch. »Na, was ist? Habt ihr Hunger?«

Die Kinder ließen sich nicht zweimal bitten. Sie setzten sich an den Tisch und machten sich heißhungrig über das Essen her. Sie schaufelten die riesigen Steaks in sich hinein und sahen erst wieder auf, als die Teller blitzblank waren.

»Mann, war das gut!« meinte Philip.

»Wie wär's mit einem Nachtisch?« fragte Moose. »Ich hab noch 'ne Dose Pfirsiche im Schrank, für besondere Anlässe!«

»Ich kann nicht mehr!« stöhnte der Junge.

Der Trapper kicherte. »Ach was, ein bißchen was geht schon noch!« Er öffnete die Dose, stellte eine Gabel hinein, und reichte sie den Kindern. »Ich hab leider keine

Schälchen, die gibt's nur in diesem vornehmen Hotel, das sie in Nome gebaut haben.«

»Hast du mal in Nome gewohnt?« fragte Melanie. Sie wußte, daß »Inuit« das richtige Wort für »Eskimos« war, und in der abgelegenen Stadt im Westen wohnten fast nur Inuit.

»Ich hab für das Hotel gearbeitet, in der Küche.«

»Deshalb kannst du so gut kochen!«

»Das hab ich nur getan, damit ich die Miete bezahlen konnte«, erklärte der Trapper. »Ich hab nach Gold gesucht. In Nome gab's mal einen großen Goldrausch, um die Jahrhundertwende, aber es ist immer noch genug da, und ich wollte reich werden.«

»Und?« fragte Philip. »Bist du's geworden?«

Wieder dieses Kichern und das Blitzen der gelben Zähne. »Seh ich vielleicht reich aus? Nein, ich hab gerade mal soviel gefunden, daß ich meiner Sandra einen Ring kaufen konnte.«

»Einen Verlobungsring?« fragte Melanie.

»Nun, ja«, meinte der Trapper grinsend, »er sieht jedenfalls so aus. Sogar ein kleiner Diamant ist dran, und wenn man ihn in die Sonne hält, funkelt er.« Er schniefte. »Sandra trägt das Ding schon seit zehn Jahren. Ich wollte sie mit in die Berge nehmen, aber sie hat gesagt, sie will nichts mit einem Stinktier von Trapper zu tun haben, und ist in Bettles geblieben. Da wohnt sie nämlich.«

»Dann seid ihr nicht mehr verlobt?«

»Natürlich sind wir verlobt, wo denkst du hin?« erwiderte Moose scheinbar entrüstet. »Aber wir sehen uns nur alle halbe Jahre, und es wird wohl noch 'ne Weile dauern, bis wir heiraten.« Er beobachtete lachend, wie Philip den letzten Pfirsich verschlang. »Na, seid ihr satt geworden? Oder soll ich noch 'n paar Steaks in die Pfanne hauen? Ich hab noch 'ne Bärenkeule da, wenn ihr die lieber mögt, und wenn's unbedingt sein muß, hol ich ...«

»Nee, nee, ich hab genug!« unterbrach Philip ihn lachend.

Melanie seufzte zufrieden. Sie trank von dem heißen Tee, den Moose in blaue Emaillebecher gefüllt hatte, und lehnte sich erschöpft zurück. Der lange Marsch über das Schneefeld und die Angst vor den Wölfen hatten sie angestrengt. Auch Philip war müde. Erst jetzt fiel die ganze Spannung, die sich während der langen Flucht durch die Wildnis aufgestaut hatte, von ihnen ab.

»Ich glaube, ihr wollt euch aufs Ohr hauen, was?« schlug Moose den Kindern vor. »Ich wäre auch müde, wenn ich tagelang durch die Berge gerannt wäre.« Er deutete auf das breite Bett. »Ihr könnt mein Bett nehmen, das ist breit genug. Ich muß sowieso noch mal raus und die Schneeschuhe flicken. Wenn wir morgen früh loswollen, muß alles in Ordnung sein.«

»Vielen Dank«, erwiderte das Mädchen.

Die Kinder legten sich auf das Bett, schlossen die Augen und waren schon im nächsten Moment eingeschlafen.

Die Schurken kehren zurück

Melanie und Philip schliefen bis in den frühen Morgen hinein. Sie waren so erschöpft, daß sie nicht einmal träumten, und als Moose sie weckte, waren sie immer noch benommen und brauchten eine ganze Zeit, bis sie die Augen richtig aufbekamen. Sie setzten sich auf den Bettrand und sahen den Trapper verschlafen an.

»Hallo«, begrüßte sie der alte Mann mit seiner heiseren Stimme, »ich dachte schon, ihr wollt überhaupt nicht mehr aufwachen. Ich hab euch warmes Wasser hingestellt. Beeilt euch, die Biskuits sind längst fertig, und das Teewasser kocht auch schon.«

Melanie rieb sich die Augen und gähnte. »Ich war ganz schön müde. Frische Biskuits? Wann hast du denn die gebacken?«

»Vor 'ner Stunde«, antwortete der Trapper fröhlich. »Ich steh jeden Morgen um kurz nach fünf auf. Ist meine Zeit, versteht ihr? Ich geh raus und tolle mit Cherry in der Kälte rum, das macht munter. Cherry braucht wenig Schlaf, er ist ein Frühaufsteher.«

»Wo ist er denn?« fragte Melanie müde.

»Cherry?« Moose kicherte. »Der hat sich mit einem Fuchs angelegt und leckt irgendwo seine Wunden. Nichts Schlimmes«, fügte er hinzu, als er die besorgte Miene Melanies bemerkte, »nur ein paar Kratzer. Ihr hättet ihn vor ein paar Jahren sehen sollen, als wir noch mit dem Schlitten durch die Wälder gefahren sind! Wenn ihm ein anderer Hund in die Quere kam, biß er gnadenlos zu, und einmal hat er sogar einen Elch fertiggemacht. Aber die Geschichte erzähle ich euch später. Wascht euch erst mal, der Bottich steht im Schuppen, hinter der Hütte.«

Die beiden gingen nach draußen und erschauderten, als ihnen die eisige Kälte entgegenschlug. Bis sie im Schuppen waren und ihre Pullover und Hemden ausgezogen hatten, waren sie hellwach. Sie tauchten ihre Arme in das heiße Wasser und wuschen sich. Besonders Melanie genoß das neue Gefühl und zog ihre Stiefel und die dicken Strümpfe aus, um ihre Füße zu waschen. Obwohl sie wieder ihre alten Sachen anziehen mußten, fühlten sie sich so sauber wie nie zuvor, als sie zu Moose in die Hütte zurückkehrten.

Der Trapper hatte den Tisch gedeckt. Es gab frische Biskuits und Pflaumenmus und heißen Tee. Vor allem die Biskuits schmeckten köstlich, beinahe wie Kuchen. Die Kinder langten kräftig zu und lauschten aufgeregt, als Moose die Geschichte von Cherry und dem Elch erzählte.

»Also, das war so«, begann er, und man merkte ihm an, wie froh er war, endlich mal wieder Gesellschaft zu haben, »wir waren mit dem Schlitten unterwegs. Irgendwo in der Alaska Range, wo man den Mount McKinley sehen kann. Ich wollte unbedingt an einem dieser großen Schlittenrennen teilnehmen, dem Iditarod oder dem Yukon Quest, und wir trainierten in den Bergen. Die Hunde waren toll in Fahrt, und wenn meine Sponsoren nicht abgesprungen wären, hätte ich bestimmt mitgemacht und gewonnen. Na, ist auch egal. Ist sowieso 'ne Schnapsidee, mit dem Hundeschlitten über tausend Meilen durch die Wildnis zu fahren. Da machen doch nur Verrückte mit.«

»Vom Iditarod hab ich schon gehört«, sagte Melanie, »das längste Schlittenhunderennen der Welt, und fast immer gewinnen Frauen.« Sie lachte. »Die Männer sollen schon sauer sein!«

»Ich hätte bestimmt keine Frau vorbeigelassen«, sagte der Trapper entschlossen, »ich wär' als erster in Nome angekommen.«

»Mit Cherry bestimmt«, war Melanie überzeugt.

Moose nickte zufrieden. »Also, wir brausten durch den Wald, als plötzlich dieser Elch auftauchte. Ein riesiger Bursche mit mächtigen Schaufeln. Der stellte sich quer auf den Trail und wollte nicht mehr weg, das Schlimmste, was einem während eines Rennens passieren kann! Ich holte meine Remington aus dem Futteral und wollte schießen, aber Cherry war schneller und riß schon an den Leinen. Ihr könnt euch nicht vorstellen, wie er den Elch anfauchte. Der Bursche bekam ganz feuchte Augen und rannte wie ein Karnikel davon, der hatte regelrecht die Hosen voll!« Er kicherte. »Ja, so ist er, mein Cherry, eine echte Kämpfernatur!«

Draußen war es heller geworden, obwohl die Flocken noch immer vom Himmel fielen und im Wind tanzten. Melanie und Philip halfen dem Trapper, den Tisch abzuräumen und das Geschirr abzuwaschen, dann zogen sie ihre Anoraks an. Moose packte seinen Rucksack mit Vorräten voll und schob eine Schachtel mit Munition in seine Manteltasche. »Für alle Fälle«, wie er den Kindern gegenüber betonte, »falls mir ein Elch in die Quere läuft. Es sei denn, Cherry holt wieder die Kastanien für mich aus dem Feuer.« Er wandte sich an seinen Hund. »He, was ist, Cherry, willst du nicht mit?«

Der Husky ließ sich nicht zweimal bitten. Er sprang mit dem Trapper und den Kindern nach draußen und blieb aufgeregt bellend vor dem Schlitten stehen. Ungeduldig wartete er, bis Moose das Gefährt in den Schnee gestellt und bepackt hatte, und machte es sich auf den Decken bequem. »So haben wir nicht gewettet«, rief Moose lachend. »Runter mit dir! Oder kannst du nicht mehr laufen?« Er scheuchte Cherry in den Schnee und spannte das Snowmobile an. Die Kinder halfen ihm, einige Kanister

171

mit Benzin und die Schneeschuhe auf den Schlitten zu binden. »Seid ihr fertig?« fragte der Trapper.

»Alles klar«, rief Philip. Er hatte selten so gut geschlafen und fühlte sich wieder putzmunter. Bald würde er seinen Vater wiedersehen! An die beiden Schurken dachte er gar nicht mehr.

»Dann setzt euch auf den Schlitten«, forderte Moose die Kinder auf, »und zieht die Decken bis zum Hals, okay? Schreit, wenn ihr was braucht oder wenn euch zu kalt wird.« Er kraulte seinem Husky den Nacken. »Und laßt euch von Cherry nicht vertreiben.«

Der Trapper setzte sich auf das Snowmobile und fuhr zum Fluß hinunter. Dort gab es einen Pfad, der am Ufer entlang aus den Bergen und über die Tundra nach Bettles führte. Der Schlitten schlingerte hinter der Maschine her. Sie machte einen Höllenlärm, und es roch nach Benzin und Öl, aber alles war besser, als zu Fuß und ohne Verpflegung durch den tiefen Schnee zu stapfen. Die Kinder hielten den Rucksack des Trappers zwischen den Beinen, und wenn sie sich umdrehten und nach vorn schauten, sahen sie, daß Moose seine Remington über dem Rücken hängen hatte. Jetzt konnte ihnen nichts mehr passieren. Der alte Mann war erfahren und würde sie gegen wilde Tiere verteidigen.

Das Land wirkte immer noch abweisend und gefährlich. Dichte Nebelschwaden hingen über dem Fluß und ließen die Bäume am anderen Ufer nur als dunkle Schatten erscheinen. Der Schnee reichte mindestens bis zu den Knien. Das Brummen des Motors übertönte alle anderen Geräusche. Deshalb merkten sie beinahe zu spät, daß die gelbe Cessna am Himmel auftauchte.

Philip deutete aufgeregt nach oben. »Die Schurken kommen! Schnell weg! Die gelbe Cessna!«

»Weg! Schnell weg!« rief Melanie nach vorn.

Moose reagierte augenblicklich. Er lenkte das Snowmobile in einen Hohlweg und parkte es hinter zwei verkrüppelten Weißfichten, die schräg aus dem felsigen Boden wuchsen und beinahe den halben Weg versperrten. »Rühr dich nicht vom Fleck!« befal er dem Husky. Er schaltete den Motor aus und stieg ab. »Sind das die Kerle, die hinter euch her sind?« fragte er.

»Bommelmütze und der Bärtige!« rief Philip ängstlich.

»Das sind sie«, bestätigte Melanie. Auch sie spürte wieder Angst in sich aufsteigen. »Hoffentlich haben sie uns nicht entdeckt! Wenn sie runterkommen, finden sie uns bestimmt!«

»Die haben uns nicht gesehen.« Moose war sich sicher. »Die waren noch viel zu weit weg.« Er ging hinter den Bäumen in Deckung und blickte zum Fluß hinunter. »Da kommen sie!«

Die gelbe Cessna brummte hoch über dem Fluß und ging über dem Wald in eine weite Linkskurve. In dem dichten Schneetreiben war die Maschine nur schemenhaft zu erkennen.

»Bei dem Wetter sehen sie uns bestimmt nicht«, versicherte der Trapper. »Mich wundert, daß die in dem Schnee überhaupt fliegen können!« Er deutete zum Himmel. »He, die kommen runter!«

»Dann haben sie uns doch entdeckt!« stieß Philip hervor.

»Vielleicht haben sie die Hütte gesehen«, sagte Moose. »Die hab ich ziemlich nahe ans Flußufer gebaut. Ich konnte schließlich nicht ahnen, daß ich mal von Verbrechern gejagt würde.«

Die Cessna kurvte wieder über den Hohlweg und brauste über den Wald hinweg. Man konnte sehen, wie sie im

Wind schaukelte. Der Pilot lenkte sie zum Fluß zurück, drosselte den Motor und kam immer tiefer. Dann verschwand sie aus ihrem Blickfeld.

»Warum fahren wir nicht weiter?« fragte Philip nervös. Er deutete auf den Wald, der vor ihnen lag. »Unter den Bäumen finden die uns nie!«

»Und das Motorengeräusch?« fragte der Trapper. »Mein Snowmobile hört man bis nach Anchorage! Außerdem ist der Wald dort hinten zu Ende.« Er räusperte sich. »In der offenen Tundra möchte ich den Kerlen nicht begegnen, da sehen sie uns sofort!«

»Was ist mit den Spuren?« fragte Melanie.

»Die deckt der Schnee zu«, antwortete Moose. Er hielt sein Gesicht in die wirbelnden Flocken, sah auf den Boden und nickte zufrieden, als er feststellte, daß die Spuren des Snowmobiles und des Schlittens schon fast verschwunden waren. »Wenn die Burschen nicht genau hinsehen, erkennen sie nichts. Hoffentlich.«

Das Brummen des Motors wurde lauter, und die gelbe Cessna tauchte über dem Fluß auf. Moose und die Kinder blickten durch die Zweige der verkrüppelten Fichten und sahen zu, wie sie auf dem Fluß landete. Das Wasser spritzte nach allen Seiten, als ihre Schwimmer aufsetzten und sie langsam ans Ufer trieb.

Bommelmütze und der Bärtige stiegen aus und vertäuten das Flugzeug am Ufer. Sie hielten ihre automatischen Gewehre in den Händen. Unschlüssig blieben sie am Ufer stehen. Sie sahen verzweifelt drein.

»Langsam hab ich die Nase voll von dieser verdammten Verfolgerei«, stöhnte Fatso erschöpft. »Ich hab kaum geschlafen letzte Nacht. Warum gibst du nicht auf? Die Kinder kriegen wir nie!«

»Willst du, daß die Bälger gegen dich aussagen?« fragte

174

Bommelmütze vorwurfsvoll. »Die wissen doch genau, daß wir die Ölleitung durchschnitten haben! Willst du wieder in den Knast?«

»Sie können uns doch gar nichts beweisen.«

»Wenn sie das Wrack untersuchen und herausbekommen, daß jemand an der Leitung rumgeschnipselt hat, brauchen sie doch nur zwei und zwei zusammenzählen. Das dürfen wir auf keinen Fall zulassen! Die Kinder dürfen uns nicht verraten, sonst sind wir geliefert! Geht das nicht in deinen blöden Kopf rein?«

»Schon gut«, wehrte der Bärtige ab, »aber ich glaube immer noch, daß sie längst tot sind. Schau dir das verdammte Schneetreiben an! Die schaffen es nie bis ins nächste Dorf, niemals!«

»Die Bälger sind schlau!« widersprach Bommelmütze ungehalten. »Die haben uns schon ein paarmal reingelegt! Ich sage dir, die ruhen sich in der verdammten Trapperhütte aus und reißen blöde Witze über uns!«

»Das hast du gestern auch schon gesagt, als wir zu der Hütte am Gletschersee runtergeflogen sind. Die wären doch doof, wenn sie sich in einer Hütte verstecken würden! Da finden wir sie doch am ehesten« Er ging ein paar Schritte. »Außerdem geht uns langsam der Sprit aus.«

»Dann fliegen wir eben nach Bettles und tanken auf!« sagte Bommelmütze bestimmt. »Ich gebe jedenfalls nicht eher auf, bis wir die verdammte Brut erwischt haben! Geht das in deinen blöden Kopf rein?«

»Schon gut, Schmitt!«

Moose und die Kinder beobachteten gespannt, wie die Männer am Ufer entlanggingen und aus ihrem Blickfeld verschwanden. Sie sahen nicht, wie sie zur Hütte hochstiegen und mit angelegten Gewehren in den Wohnraum stürmten, und sie hörten nicht, wie Schmitt fluchend einen

Stuhl von den Beinen holte und schrie: »Verdammt! Sie waren hier und machen gemeinsame Sache mit einem blöden Trapper! Na, die können was erleben!«

Er trat gegen einen zweiten Stuhl und sah sich wütend in der Hütte um. Im Vorbeigehen schenkte er sich einen Becher mit lauwarmem Tee ein und trank ihn aus. Er riß wütend die Pfanne vom heißen Ofen und stieß einen wilden Fluch aus, als sie auf den Boden polterte. Sein Kumpan erschrak, und er lachte.

»Ich wette, die haben noch ordentlich gefrühstückt, bevor sie abgehauen sind.« Er hielt eine Hand über die heiße Herdplatte. »Lange können sie noch nicht weg sein«, sagte er, immer noch schlecht gelaunt. »Na, wenigstens hat er kein Funkgerät!«

»Was hast du vor?« fragte Fatso.

»Na, was wohl?« Schmitt trat ins Freie zurück und wartete, bis der Bärtige nachgekommen war. »Wir verfolgen die verdammte Brut und machen ihnen ein für allemal den Garaus!«

»Du willst den Trapper auch erschießen?«

»Den Trapper, die Kinder, den Hund, der aus dem Blechnapf gefressen hat«, stieß Schmitt aufgebracht hervor, »als ob's darauf noch ankommt? Wir sind im Krieg, Mann! Die Marines haben mir nie so blöde Fragen gestellt! Die wußten, worauf es ankommt!«

Die Männer blieben vor der Hütte stehen. Sie rochen das Benzin, das der Trapper in den Tank des Snowmobiles gefüllt hatte, und sahen die Spuren des Schlittens unter dem Dach.

»Die fahren bestimmt nach Bettles«, kombinierte Schmitt. »Ein anderes Kaff gibt's hier sowieso nicht. Wenn wir sie hier nicht erwischen, brauchen wir sie nur in der Tundra abzufangen.«

»Du hast doch gesagt, sie sind noch in der Nähe.«

»Hörst du vielleicht was?«

»Hören? Wieso?«

»Na, das Snowmobile, du Flasche!« fuhr Schmitt ihn an. »Hast du schon mal so 'n Ding gesehen, das stumm durch die Gegend fährt? Wenn sie in der Nähe wären, würden wir sie hören!«

»Und wenn sie den Motor ausgeschaltet haben?« überlegte der Bärtige laut. »Wenn sie sich irgendwo versteckt haben und warten, bis wir weggeflogen sind? Die müssen uns doch gehört haben. Trapper sind ziemlich schlau.«

»Mag sein«, räumte Schmitt widerwillig ein. Er ärgerte sich, weil er nicht selber darauf gekommen war, und ging wütend zum Fluß hinunter. Dort konnten ihn auch der Trapper und die Kinder wieder sehen. Sie lauschten aufgeregt. »Ich seh keine Spuren«, sagte Schmitt. »Nee, die sind längst über alle Berge!«

Fatso war froh, daß er seinem Kumpan wenigstens einmal voraus war, und konnte sich ein schadenfrohes Grinsen nicht verkneifen. Als er sah, wie Schmitt ihn böse anfunkelte und drohend das Gewehr hochnahm, verkniff er es sich wieder. »Vielleicht hast du recht«, sagte er schnell. »Die sind bestimmt schon weg.«

»Oder siehst du vielleicht was?« hakte Schmitt nach.

Der Bärtige sah tatsächlich etwas, kaum sichtbare Linien unter einer dünnen Schneeschicht, aber er wagte nicht, seinem Kumpan zu widersprechen. Wenn Schmitt einen Fehler gemacht hatte, war er unberechenbar. Er wollte der perfekte Marine sein, ein knallharter Soldat, der keine Gefühle zeigte und nur seine Befehle befolgte. Ein eisenharter Mann wie Segal oder van Damme.

Einmal hatte Fatso den Fehler gemacht, ihn zu fragen, warum er nicht mehr bei den Marines war. Schmitt war ausgerastet, hatte eine Flasche an die Wand geworfen und gebrüllt: »Du willst wissen, warum ich nicht mehr dabei bin? Weil sie mich rausgeschmissen haben, die verdammten Penner! Ich hab mit scharfer Munition im Hof rumgeballert, das hat ihnen nicht gepaßt!«

Statt seinen Kumpan in Ruhe zu lassen und aus dem Hotelzimmer zu verschwinden, hatte er gefragt: »Und warum hast du im Hof rumgeschossen? Haben sie dich angegriffen?«

»Angegriffen? Sie haben mich nicht angegriffen!« hatte Schmitt geschrien. »Überhaupt niemand hat mich angegriffen! Ich wollte dem verdammten Leutnant zeigen, daß ich mit 'ner Knarre umgehen kann und die verdammte Laterne besser treffe als er! Das war los! Deshalb haben sie mich rausgeschmissen!«

Natürlich war das nicht der einzige Grund gewesen, aber Fatso hatte nie mehr danach gefragt. Dieser Schmitt brachte es fertig und schoß ihn über den Haufen, das war einer, der rastete von einer Minute auf die andere aus. Fatso hatte oft genug erlebt, wie er die Nerven verloren und irgendwelche Leute sinnlos zusammengeschlagen hatte. Der Kerl war unberechenbar.

Moose und die Kinder ließen die beiden Männer nicht aus den Augen. Der Trapper hatte seine Remington von der Schulter genommen und hielt sie schußbereit in den Händen. Die Schurken standen vor dem Hohlweg, keine hundert Meter von ihnen entfernt. Noch ein paar Schritte, und sie entdeckten vielleicht doch die Spuren. Dann kam es zu einem Kampf auf Leben und Tod.

Schmitt stieß seinen rechten Stiefel in den Schnee und ließ die Hand mit dem Gewehr sinken. »Laß uns wegfliegen«, sagte er. »In der Tundra erwischen wir sie sowieso. Komm schon!«

Fatso bückte sich und wischte mit der Hand über den Schnee, dann folgte er seinem Kumpan. »Okay«, meinte er widerwillig.

Sie banden die Cessna los und stiegen ein. Fatso ließ den Motor an. Er lenkte das kleine Flugzeug auf den Fluß hinaus und beschleunigte. Der Trapper und die Kinder atmeten erleichtert auf, als die Maschine abhob und im Schneetreiben verschwand.

Der Weg nach Norden

Moose wartete, bis das Motorengeräusch der Cessna in der Ferne verklungen war. Er spuckte angewidert in den Schnee und sagte: »Abscheuliches Pack! Die schrecken wohl vor gar nichts zurück! Aber so leicht lassen wir uns nicht erwischen!« Er kraulte seinen Husky freundschaftlich hinter den Ohren und wandte sich kichernd an die Kinder. »Die sollen über der Tundra kreisen, bis ihnen der Sprit ausgeht! Wir machen einen kleinen Umweg.«

»Über die Berge?« fragte Philip nervös. Er dachte an den beschwerlichen Marsch, den sie hinter sich hatten. »Aber da gibt es Wölfe und Grizzlys! Können wir nicht woanders fahren?«

»An den Bergen entlang«, beruhigte Moose den Jungen. »Und wegen der Grizzlys mach dir keine Sorgen, die hauen sich erst mal aufs Ohr. Verpennen den ganzen Winter.« Er lachte. »Für die Wölfe hab ich das hier!« Er klopfte auf sein Gewehr. »Und Cherry, der schafft so ein Rudel im Alleingang. Stimmt's, Cherry?«

Der Husky bellte laut, als hätte er den Trapper verstanden. Er lief ein paar Schritte, schnüffelte im Schnee und pinkelte hinein. Erwartungsvoll blickte er den Trapper und die Kinder an.

»Cherry will weiter«, sagte Moose. »Also los!«

Er betätigte den Starter, und der Motor des Snowmobiles heulte auf. Melanie und Philip setzten sich auf dem Schlitten zurecht. Sie legten die Hände fest um die Streben und schlossen die Augen, als das Gummiband den nassen Schnee aufwirbelte. Moose fuhr aus dem Hohlweg hinaus, am Flußufer entlang und vor einer Biegung über einen Wildpfad in den Wald hinein. Das Brummen des Motors hallte dumpf zwischen den Bäumen. Cherry sprang gut gelaunt neben dem Schlitten her und bellte seine neuen Freunde an.

Moose war ein guter Fahrer. Er führte den Motorschlitten sicher durch den Wald und über ein offenes Schneefeld in die Ausläufer der Berge. Die grauen Felswände ragten steil vor ihm in den Dunst. Er hielt sich zwischen den Hügeln, die sich an den Bergen entlang bis zum Horizont zogen, und blickte sich alle paar Minuten nach den Kindern um. Der Motor war zu laut für eine Unterhaltung, aber sie verständigten sich durch Grimassen und Handzeichen. Cherry rannte neben dem Schlitten her und machte durch lautes Bellen auf sich aufmerksam. »Mach bloß nicht schlapp!« rief Moose ihm zu.

Der Hund kannte den Umweg und wußte, wie gefährlich er war. Auch der Trapper wußte Bescheid, aber er wollte die Kinder nicht beunruhigen und sagte nichts. In den Ausläufern der Berge konnte nichts passieren. Dann aber führte der Trail durch eine weite Schlucht, in der vor einigen Jahren zwei Trapper ums Leben gekommen waren. Sie waren mit Schneeschuhen unterwegs gewesen und hatten die tückischen Winde unterschätzt, die sich an den Wänden brachen und in den zerklüfteten Seitenschluchten drehten. Ein Blizzard hatte die Männer von den Beinen gehoben und gegen eine Felswand geschleudert. Erst ein paar Wochen später waren ihre Leichen von einem Piloten entdeckt worden.

Moose hatte die beiden Trapper flüchtig gekannt. Einmal waren sie ihm irgendwo in der Wildnis über den Weg gelaufen. Sie hatten zusammen Tee getrunken und von ihren Abenteuern erzählt. Einer stammte aus Fairbanks, der Sohn einer Inuit und eines Weißen, der andere kam aus Montana und hatte dort jahrelang auf einer Ranch gearbeitet. Sie kannten sich in der Wildnis aus, und es war kaum zu glauben, daß sie von einem Blizzard besiegt worden waren, aber in dieser Schlucht war alles möglich. »Schlucht der verrückten Winde« hieß sie bei den Indianern.

Melanie und Philip ahnten nichts von der drohenden Gefahr und machten es sich auf dem Schlitten bequem. Sie waren in warme Decken eingehüllt und hielten sich mit beiden Händen an den Holzstreben fest. Nur wenn es über eine besonders starke Bodenwelle ging und der Schlitten nach oben sprang, verzogen sie schmerzhaft das Gesicht. Aber alles war besser, als zu Fuß durch diese unwirtliche Wildnis zu stapfen, das sagten sie sich immer wieder. »Bald sind wir zu Hause«, sagte das Mädchen.

Ihr Bruder hörte es nicht, dazu war das Motorengeräusch des Snowmobiles zu laut. Er träumte mit offenen Augen. Von der Halfpipe, der neuen Skateboard-Röhre, die in Hamburg auf ihn wartete. Er würde seinen Freunden einige neue Tricks mit dem Snakeboard vorführen und ihnen erzählen, was sie alles in der Wildnis erlebt hatten. Der Grizzly, die Wölfe, ein echter Trapper, die würden den Mund gar nicht mehr zubekommen. Er grinste vergnügt, als er an die Gesichter seiner Freunde dachte. So eine Geschichte hatten sie noch nie gehört.

»Haltet euch gut fest!« rief der Trapper nach hinten. Er lenkte das Snowmobile über einen Hügelkamm, hielt es sekundenlang in der Luft und setzte es im Schnee auf. Der Schlitten sprang und holperte und zog einen glitzernden Schleier hinter sich her.

»Autsch!« schrie Philip, als er zurückfiel. »He, Moose! Willst du einen neuen Rekord aufstellen? Wenn du so weitermachst, gewinnst du doch noch das Iditarod oder das Yukon Quest!«

»Zu alt«, rief er, »dazu bin ich viel zu alt!«

Sie erreichten das Schneefeld und fuhren jetzt über festen Boden. Der Trapper lenkte den Schlitten geschickt um die Schneewehen herum. Er hatte eine Gletscherbrille vor den Augen, die Kinder saßen mit dem Rücken zur Fahrtrichtung, und der Schnee und der kalte Wind machten ihnen kaum noch was aus. Sogar der Motor klang auf dem eisigen Boden nicht mehr so laut. Der Schlitten glitt leise rauschend über den festgestampften Schnee.

Nur gelegentlich blickten sie noch zum Himmel. Die gelbe Cessna war nicht zu sehen, trieb sich irgendwo im Osten rum, wie Moose während einer kurzen Pause meinte. Er reichte einen Becher mit heißem Tee an die Kinder weiter und sagte: »Hoffentlich geht ihnen der Sprit aus! Dann müssen sie zu Fuß weiterlaufen und ihre Cessna an der Leine nach Bettles ziehen!«

Philip mußte lachen, als er das Bild vor seinem geistigen Auge sah. Zwei wütende Schurken, die ihr Flugzeug wie einen widerspenstigen Hund durch die Wildnis zerrten! Das wäre ein schönes Foto für die Zeitung! »Das geschähe ihnen recht!«

»Mir reicht's schon, wenn sie im Gefängnis landen!« sagte Melanie. »Die haben bestimmt ein langes Strafregister. Hoffentlich landen sie in einer Zelle.«

»Ich kenne die Polizeistation in Bettles«, meinte der Trapper kichernd. »Aus der Zelle kommt nicht mal ein Eisbär raus! Ich war selber mal drin. Nur eine Nacht«, fügte er schnell hinzu, als er die verwunderten Augen der Kinder sah, »vor ein paar Jahren, als wir meinen Geburtstag gefeiert haben. Mann, war das 'ne Sause! Es gab Erdbeerbowle, mein Lieblingsgetränk! Hatte ein befreundeter Pilot aus Anchorage eingeflogen, mitten im Winter, stellt euch vor! Ich hab das Zeug aus Putzeimern getrunken!«

183

»Wie alt bist du denn geworden?« fragte Philip neugierig.

»Sechzig, siebzig ... keine Ahnung. Hab nie mitgezählt.« Wieder dieses Kichern, auf das die Kinder inzwischen schon warteten, und das laute Bellen von Cherry. »Hast du Hunger?« fragte Moose. Er kramte in seinem Rucksack und warf dem Husky einen Knochen hin. Den Kindern schnitt er geräucherten Elchschinken ab. »Ein Drittel haben wir schon«, munterte er sie auf.

Die Kinder aßen zufrieden. Die ruhige und fröhliche Art des Trappers flößte ihnen Vertrauen ein und nahm ihnen die Angst. Moose war Indianer und Inuit und weißer Mann, besser konnte man gar nicht in dieser Wildnis gewappnet sein. Und er hatte ein modernes Gewehr, mit dem man auf Bären und Wölfe schießen konnte. »Damit hab ich sogar schon Grizzlys getötet«, sagte er.

Moose schraubte den Becher auf seine Thermosflasche und verstaute sie in seinem Rucksack. Dort steckte auch die Flasche der Kinder, die ebenfalls mit heißem Tee gefüllt war. Er verschnürte ihn fest und band ihn an den Schlitten. »Na, dann wollen wir mal!« sagte er. »Jetzt wird's ein bißchen ungemütlicher.«

»Wieso?« erschrak der Junge.

»Halb so wild«, beruhigte ihn der Trapper, »aber ihr müßt euch gut festhalten! In der Schlucht da hinten weht der Wind kreuz und quer! Wenn ihr nicht aufpaßt, fliegt ihr vom Schlitten! Hast du gehört, Cherry? Gut aufpassen, sonst landest du auf der Nase!«

»Wir fallen schon nicht runter«, versprach der Junge.

Wird schon schiefgehen, dachte Moose und ließ den Motor an. Er lenkte das Snowmobile und den Schlitten an einigen Weißfichten vorbei und trieb es einen Hügel hinauf. Auf dem Kamm wandte er sich nach Norden. Links von ihm ragten dunkle Felswände in den wirbelnden Schnee. Der Motor heulte, als er durch den Tiefschnee nach unten fuhr und zwischen einigen Felsen den Eingang zur »Schlucht der verrückten Winde« fand.

»Haltet euch fest!« warnte er die Kinder noch einmal.

Auf den ersten hundert Metern geschah gar nichts. Sie fuhren an der Felswand entlang und wichen den Schneewehen aus, die sich wie die Wellen eines aufgewühlten Meeres in der Schlucht erhoben. Der Wind wurde heftiger, trieb helle Schleier kreuz und quer über den Boden und pfiff und heulte in den Felsnischen.

Moose lenkte das Snowmobile nach links, und der Schlitten begann zu schlingern. Die Kinder bekamen es mit der Angst zu tun. »Festhalten!« rief der Trapper in den Wind. Er gab Vollgas und rauschte durch eine luftige Schneewehe. Der Schnee spritzte wie Wasser und hüllte das Gefährt sekundenlang ein.

»Es ist bald vorbei!« rief Moose.

Cherry bellte laut und kämpfte sich wie ein Wolf durch den Wind. Einmal wurde er von einer Böe zur Seite geschleudert, aber er war gleich wieder auf den Beinen und lief weiter. Als Leithund hatte er viel schlimmeres Wetter erlebt. Arktische Stürme, die eisige Klumpen in sein Fell trieben, und heulende Blizzards, die ihn meterweit vom Kurs abgetrieben hatten.

»Die Hälfte haben wir!« tröstete Moose die Kinder.

»Beeil dich!« rief Philip zurück.

Moose wich einer weiteren Schneewehe aus und lenkte das Snowmobile auf einen langgestreckten Hügelkamm. Der heftige Wind, der jetzt von hinten kam, ließ ihm keine andere Wahl. Er rauschte mit Vollgas die Anhöhe hinauf und merkte erst oben, daß er die Kinder und sich in höchste Gefahr gebracht hatte. Auch Cherry spürte die

Gefahr und bellte laut, aber sie waren schon auf dem Hügel, und für eine Umkehr war es längst zu spät.

Auf der anderen Seite des Hügels ragten scharfkantige Felsen aus dem Schnee, wie die schroffen Gipfel eines Eisberges in einem stürmischen Ozean. Der Wind kam von allen Seiten, stürmte, wirbelte und heulte und weckte die bösen Geister, die nach dem Glauben der Indianer in der Schlucht wohnen sollten. Ich habe einen Fehler gemacht, dachte Moose verzweifelt, ich hätte nicht auf diesen verdammten Hügel fahren sollen. Er steuerte mit aller Kraft gegen den Wind, aber der wechselte ständig und ließ ihm keine Chance. Ein heftiger Windstoß fegte das Snowmobile von dem Hügelkamm und schleuderte es zwischen die Felsen.

»Aufpassen!« schrie Moose noch.

Das Snowmobile ratterte über einige Felsen und kippte in den Schnee. Der Motor verstummte. Moose wurde wie von einer riesigen Hand von der Sitzbank gerissen, prallte mit der linken Schulter gegen einen Felsen und mit dem Kopf auf den Boden. Halb bewußtlos blieb er in dem nassen Schnee liegen.

Hinter ihm warf es den Schlitten aus der Bahn. Er überschlug sich einmal und bohrte sich in eine Schneewehe. Philip fiel sofort herunter und blieb unverletzt, aber benommen im Schnee liegen. Melanie wurde gegen einen Felsen geworfen, rollte meterweit den Hang hinab und fiel mit schmerzverzerrtem Gesicht in eine Mulde. Sie stöhnte leise.

Philip setzte sich auf und starrte in den Wind. Er berührte vorsichtig seine Arme und Beine und bewegte langsam den Kopf. Er fühlte einen leichten Schmerz im Rücken, aber sonst war ihm nichts passiert. Er schüttelte sich wie ein nasser Hund und stützte sich vom Boden hoch. Außer dem Heulen des Windes war nichts zu hören. »Melanie! Moose!« rief er besorgt. »Wo seid ihr?«

Cherry sprang aufgeregt durch den Schnee. Er blieb bellend vor dem Jungen stehen und rannte dann zu seinem Herrn weiter. Vor der reglosen Gestalt lief er jaulend im Kreis herum.

Philip blickte den Hügel hinab und sah seine Schwester im Schnee liegen. Sie hielt sich den verletzten Arm und weinte, das konnte er sogar von weitem sehen. Er rannte zu ihr und kniete neben ihr nieder. »Melanie! Melanie! Bist du verletzt? Wo tut es weh?«

»Mein ... Arm!« wimmerte sie leise.

Philip blickte sich verzweifelt um. Einige Meter weiter ragte ein größerer Felsen aus dem Schnee und bot ausreichenden Schutz gegen den stürmischen Wind. Er rannte hin, fegte den Schnee zur Seite und klopfte ihn an den Seiten fest, bis ein U-förmiger Windschutz entstand, der groß genug für Moose und Melanie war. Er lief zu seiner Schwester zurück, packte ihre Beine und zog sie vorsichtig in den Unterschlupf. Dann riß er seinen Schal vom Hals und legte ihn unter ihren Kopf, damit sie bequemer lag. »Ich komme gleich«, rief er in den Sturm.

»Philip! Philip! Wo willst du hin?«

»Ich hole Verbandszeug! Und schaue nach Moose!«

Der Junge handelte mechanisch, als gäbe es gar keine andere Möglichkeit, als auf diese Weise zu reagieren. Er war der einzige, der Moose und Melanie helfen konnte. Wenn er durchdrehte oder davonrannte, waren sie verloren. Das spürte er instinktiv.

Vor dem Trapper blieb er stehen. Er wollte sich zu ihm hinunterbeugen und sah sich dem knurrenden Husky gegenüber. Der Hund fletschte die Zähne, rannte ein paar Schritte zurück und bellte ihn an.

Philip stemmte sich gegen den kalten Wind. Er starrte mit angstgeweiteten Augen auf den wütenden Hund und mußte an die Wölfe denken, wie sie sie auf dem Schneefeld angegriffen und sie mit funkelnden Augen und weit geöffneten Mäulern angefallen hatten. Seit er von dem Hund eines früheren Nachbarn gebissen worden war, hatte er Angst vor Hunden. Der Schäferhund hatte ihn vor dem Gartentor überrascht und ihn in den Oberschenkel gebissen. Mindestens zehn Jahre war das schon her, aber er dachte immer noch daran.

»Ist schon gut«, hörte Philip sich sagen. Seine eigene Stimme klang fremd. »Ich will deinem Herrn doch nur helfen! Ich bin's, Cherry. Ich bin's – Philip.«

Der Husky legte den Kopf schief und blickte ihn prüfend an. Das Funkeln verschwand aus seinen Augen. Er lief ein paar Schritte auf Philip zu und wedelte sogar mit dem Schwanz. Der Wind zerrte an seinem Fell.

Philip wäre am liebsten weggelaufen, blieb aber stehen. Nur wenn er mit Cherry klarkam, konnte er dem Trapper helfen. Er beugte sich zu dem Husky hinunter und berührte vorsichtig seinen Rücken. Es kostete ihn große Überwindung. Als er sah, daß Cherry nichts dagegen hatte und zufrieden seufzte, kraulte er ihn hinter den Ohren, wie er es bei dem alten Mann gesehen hatte. »Komm, wir schauen mal nach deinem Herrchen«, sagte er mutig. »Du willst doch auch, daß er wieder gesund wird, oder? Ich hab einen Windschutz gebaut, da drüben, da ist er in Sicherheit. Er wird wieder gesund, das verspreche ich dir.«

Der Junge ging langsam weiter. Er wischte Moose den Schnee aus dem Gesicht und stellte fest, daß der Trapper kaum bei Bewußtsein war. Der alte Mann stöhnte leise, als Philip ihn berührte. Cherry bellte ein paarmal, schnüffelte aufgeregt an ihm herum und fuhr mit der Zunge über seine

Augen. »Moose! Moose! Wo tut es weh?« fragte Philip besorgt. »Wach auf, Moose!«

Moose hörte ihn nicht. »Ich ... ich ...«

Philip zögerte nicht länger. Er grub die Beine des Trappers aus dem Schnee und zog ihn zum Unterschlupf. Das war gar nicht so einfach. Moose war ein schwerer Brocken, vor allem in dem Pelzmantel, und der Junge mußte mehrmals eine Pause einlegen, um zu neuen Kräften zu kommen. Auch jetzt stöhnte der Trapper, aber Philip achtete nicht darauf und war erst zufrieden, als der Verletzte neben seiner Schwester lag. Er schob das andere Ende seines Schals unter Mooses blutenden Hinterkopf. »Wo ist das Verbandszeug?« fragte er den Trapper. »Moose, hörst du mich. Wo ist das Verbandszeug? Im Rucksack?«

Moose gab keine Antwort, und Philip rannte einfach los. Er fand den Schlitten und zerrte den Rucksack von der Ladefläche. Vor den Verletzten wühlte er nach der Notausrüstung, die jeder Trapper mit sich herumschleppte. Er stieß auf eine alte Keksdose mit stinkender Salbe, einer kleinen Flasche Jod und mehrfach ausgewaschenen Verbänden. »Na, also«, sagte er zu Cherry. Der Husky stand neben ihm und blickte ihn hoffnungsvoll an.

Philip brachte ein Lächeln fertig und kniete sich nieder. In dem Unterschlupf waren sie vor dem Wind sicher, und er konnte in Ruhe arbeiten. »Ich muß deinen Anorak ausziehen«, sagte er zu seiner Schwester. »Nur bis ich den Verband angelegt habe, okay?« Er mußte beinahe schreien, damit sie ihn hörte. Sie befanden sich auf einer einsamen Insel, umgeben von den Wellen des stürmischen Meeres. »Hilf mir, sonst tu ich dir weh!«

Zusammen schafften sie es, ihr den Ärmel vom verletzten Arm zu streifen. Philip suchte nach einer Schere, fand keine, und zog das große Jagdmesser vom Gürtel des

Trappers. Er schnitt den Pullover und das Hemd seiner Schwester über der Wunde auf, wie er es in zahlreichen Abenteuerfilmen gesehen hatte, und stellte erleichtert fest, daß Melanie kaum blutete. »Ist nicht schlimm«, beruhigte er sie. Er träufelte etwas Jod auf die Schramme, wie es seine Mutter früher bei ihm getan hatte, und lächelte kurz, als Melanie schmerzerfüllt das Gesicht verzog. Dann legte er einen notdürftigen Verband an. Er schob den verletzten Arm in den Anorak und atmete erst mal tief durch.

Nur nicht nachdenken, hämmerte er sich ein, als das Bild seiner tödlich verletzten Mutter durch seine Gedanken geisterte. Er sah wieder das viele Blut, und er hörte die Sirenen, als der Krankenwagen kam, und er spürte den Arm seines Vaters, der ihn durch die Menschenmenge zog und beruhigend auf ihn einredete. Er fühlte die Tränen in seinen Augen, und er kämpfte tapfer gegen Schmerz an, der sich in seinem Körper breitmachte. Dann bellte Cherry und vertrieb die quälenden Gedanken.

»Ist Moose schwer verletzt?« fragte Melanie besorgt. Ihre Benommenheit fiel langsam ab, und es gelang ihr, wieder klarer zu denken. Mit ihrem Bewußtsein kam aber auch der Schmerz, und sie griff sich mit zusammengepreßten Lippen an den Arm. »Mann«, stöhnte sie, »das tut ganz schön weh! Ist Moose okay?«

»Er hat sich am Kopf gestoßen«, antwortete Philip. »Ich glaube, er hat eine Gehirnerschütterung!« Es war unmöglich, dem Trapper den schweren Mantel auszuziehen und nach seiner Verletzung zu sehen, aber Philip träufelte Jod auf die Wunde am Hinterkopf. Cherry beobachtete winselnd, wie er ein Pflaster aus der Dose kramte und es über die blutige Schramme klebte. »So«, meinte er halbwegs zufrieden, »so wird es schon gehen ...«

Er legte die Keksdose mit der Notausrüstung in den

Rucksack zurück und holte die Thermosflasche heraus. Mit zitternden Händen schenkte er einen Becher voll. Zum Verbinden hatte er die Handschuhe ausziehen müssen, und die Kälte war bis in seine Schultern gekrochen. »Hier«, sagte er zu seiner Schwester, »trink was, dann bist du wieder klar!« Er hielt ihr den Becher an die Lippen und flößte ihr den heißen Tee ein. Erst dann nahm er selber einen kräftigen Schluck. »Mann, tut das gut!« meinte er. »Ich wußte gar nicht, daß Tee so gut schmecken kann. Wird es wieder?«

Melanie lächelte zuversichtlich. »Ich glaube schon. Hast du mal 'nen Erste-Hilfe-Kurs mitgemacht, oder wo hast du das gelernt?«

»Hab ich in einem Film gesehen«, antwortete er grinsend. »Keine Ahnung, wie er hieß.«

Nachdem er die Thermosflasche verschraubt und in den Rucksack gesteckt hatte, ruhte er sich aus. Aber nur für ein paar Minuten. Er lächelte seine Schwester an, die fast schon wieder die alte war, und sah, daß auch der Trapper sich wieder rührte. »Ich schau mal nach dem Snowmobile«, trieb er sich an. Er trat in den Wind hinaus.

Das Gefährt steckte tief in einer Schneewehe. Philip schaufelte den Schnee beiseite und bekam den Lenker zu fassen. Obwohl er heftig daran zog, gelang es ihm nicht, das Snowmobile herauszuziehen. Er grub noch tiefer in den Schnee. Endlich schaffte er es, die Maschine aufzustellen. Der Schlitten hatte sich während des Sturzes losgerissen und lag einige Meter weiter. Er zerrte ihn aus dem Schnee und legte ihn auf die Kufen.

Erschöpft kehrte er zu Melanie und dem Trapper zurück. »Der Schlitten ist heil«, meinte er. Der Sturm hatte rote Flecken auf sein Gesicht gemalt. »Das Snowmobile hat eine leichte Delle abbekommen. Ich hoffe, es fährt noch.«

Moose hatte schon wieder die Augen geöffnet. Er setzte sich vorsichtig auf und hielt seinen Kopf. »He«, meinte er lächelnd, »das hast du prima gemacht.« Er verzog schmerzhaft das Gesicht. »Wie ein alter Indianer!«

Der Junge lächelte stolz. »Bist du wieder in Ordnung?«

»Ich fühl mich wie der Quarterback eines Vorstadtteams, das gegen die Dallas Cowboys angetreten ist«, meinte Moose kichernd. »Aber ich glaube, ich bin noch aus einem Stück.« Er stand ächzend auf und blieb schwankend stehen. »Na, dann wollen wir mal sehen, ob der alte Eisenhund noch schnaufen kann ...«

Entscheidung am Koyukuk River

Moose war ein zäher Bursche. Obwohl er hart mit dem Kopf und der Schulter aufgeschlagen war, fühlte er sich schon wieder stark genug, das Snowmobile zu fahren. Er betätigte den Anlasser und kicherte zufrieden, als der Motor gleichmäßig brummte. Er kuppelte den Schlitten an und fuhr über den Hügel auf die andere Seite. Der Wind heulte ihm entgegen und zerrte an seinem Mantel. »Beeilt euch!« rief er den Kindern zu. »Wir müssen weiter! Wird Zeit, daß wir nach Bettles kommen!«

Melanie stützte sich vom Boden hoch. Ihr linker Arm schmerzte höllisch, aber Philip half ihr auf den Schlitten und packte sie in die Decken ein. Sie klammerte sich mit der rechten Hand an die Ladefläche. »Nur eine Schramme«, sagte sie zu dem Trapper.

»Wir haben mächtiges Glück gehabt«, sagte Moose. »Wenn sich Philip nicht so gut um uns gekümmert hätte, sähen wir jetzt ziemlich böse aus.« Er wandte sich an den Jungen. »Der Windschutz war eine gute Idee! Woher hast du das gewußt?«

Philip lächelte stolz. »Ich hab mal einen Film gesehen, da haben sie es auch so gemacht. Und mit Cherry bin ich auch klargekommen. Ich glaube, er mag mich. Seid ihr auch wirklich wieder in Ordnung?«

»Ich hab einen harten Schädel«, erwiderte der Trapper. »So schnell mach ich nicht schlapp! Und Melanie hat nur einen Kratzer abbekommen, sagt sie. Stimmt's?«

»Halb so schlimm«, sagte sie und verzog gleich darauf ihr Gesicht. »Tut aber mächtig weh! Ich darf den Arm nicht bewegen.«

»Das vergeht wieder«, versprach der Trapper.

Cherry sprang ungeduldig um den Schlitten herum. Er bellte laut und konnte gar nicht erwarten, daß es endlich weiterging. Er hielt seine Schnauze in den Wind, als wollte er sagen: »Kommt endlich, oder wollt ihr ewig in dieser blöden Schlucht bleiben?«

Moose ließ sich nicht zweimal bitten. Er lenkte das Snowmobile aus der »Schlucht der verrückten Winde« und war froh, als sie endlich den harten Boden der Tundra unter den Kufen hatten. Dort kamen sie leichter voran. Es ging über einen abschüssigen Hang zu einem Bach hinunter und am Ufer entlang bis zum Koyukuk River. Auf dem Fluß war das erste Eis zu sehen. Es schneite nicht mehr so stark, und sie glitten über einen harten Trail, den andere Snowmobiles in den Schnee gestampft hatten. Es waren höchstens noch fünfzig Meilen bis nach Bettles. Sie näherten sich der Stadt von Westen.

Philip hielt seine Schwester im Arm. Sie schrie auf, wenn sie über eine Bodenwelle oder einen Eisbrocken fuhren, und weinte leise, als die Schmerzen wieder zunahmen. Anscheinend hatte sie sich auch den Ellbogen verstaucht. »Das wird schon wieder«, sagte der Junge zu ihr. »Ich paß schon auf dich auf!« Er hatte seine Schwester noch nie so hilflos gesehen, nicht mal vor drei Jahren, als sie sich das Bein gebrochen hatte, und fühlte sich verpflichtet, wie ein großer Bruder zu ihr zu sein. Er spürte auf einmal, daß er stärker war, als er dachte. Immerhin bin ich der Mann im Haus, wenn Papa nicht da ist, rief er sich in Erinnerung.

Nach einer Weile, als Melanie immer noch wie ein kleines Mädchen schluchzte, drehte er sich um. »He, Moose!« rief er nach vorn. »Wir müssen mal anhalten! Melanie tut der Arm weh!«

Der Trapper lenkte das Snowmobile in den Windschatten eines Hügels und stellte den Motor ab. Er kletterte von

194

der Sitzbank und griff sich stöhnend an den Kopf. »Ich könnte auch mal 'ne Pause vertragen. Ist noch Aspirin in der Keksdose?«

»Ich glaube schon«, sagte Philip. Er öffnete den Rucksack und schraubte den Deckel von der Dose. »Vier Tabletten. Ich glaub, das ist Aspirin.«

»Die reichen«, war Moose zufrieden. »Für jeden von uns zwei, dann kommen wir bis Bettles hin. Und dort können wir uns ausruhen.« Er schnaufte tief. »Gibst du mir noch 'nen Tee?«

Philip war schon dabei, den Becher zu füllen. Er reichte ihn dem Trapper und schenkte noch mal nach, bevor er ihn an seine Schwester weitergab. Auch er nahm einen Schluck. Der heiße Tee wärmte angenehm und vertrieb die Müdigkeit. Sie waren seit dem frühen Morgen unterwegs, und jetzt war bereits Mittag.

Sie setzten sich auf den Schlitten und teilten sich den restlichen Elchschinken. Es waren noch genügend Biskuits da, für alle Fälle, aber Moose rechnete damit, daß sie in knapp zwei Stunden in Bettles waren. »Bis zur Stadt ist es eben«, sagte er. »Da brennt nichts mehr an.« Er griff sich erneut an den Kopf und stöhnte laut. »So ein Mist«, fluchte er, »hoffentlich wirken die Tabletten bald!«

»Mir geht es schon ein bißchen besser«, sagte Melanie. Sie lächelte ihren Bruder an und blickte in den trüben Dunst, der über dem Land hing. Die Schneeflocken fielen nur noch vereinzelt, und auch der Wind hatte nachgelassen, obwohl sie sich jetzt auf der offenen Tundra befanden und keine Felsen und keine Bäume mehr im Weg waren. Und der Wind wehte nur mehr aus einer Richtung und spielte nicht mehr verrückt wie in der Schlucht.

Moose sah, daß die Miene des Mädchens ernst wurde, und beantwortete ihre unausgesprochene Frage: »Die

Schurken sind weg, die fliegen an dem anderen Fluß entlang. Bis die merken, daß wir einen Umweg genommen haben, ist ihnen längst der Sprit ausgegangen, oder wir sitzen bei der Polizei im Büro.«

»Hoffentlich kriegen sie eine saftige Strafe«, sagte Philip wütend. »Das sind Mörder, ganz gemeine Mörder!«

»Bestimmt«, erwiderte Moose. »Die wandern lebenslänglich in den Knast!« Er sah die beiden an. »Vielleicht müßt ihr aussagen.«

»Das macht mir nichts aus«, meinte Philip.

»Mir auch nicht«, bestätigte Melanie.

Sie teilten sich noch einen Becher Tee und verstauten die restlichen Vorräte im Rucksack. Philip half seiner Schwester, sich hinzulegen, und deckte sie fest zu. Moose kletterte auf das Snowmobile. Die Kopfschmerzen hatten etwas nachgelassen.

»Wie lange hast du Sandra nicht gesehen?« fragte Philip. »Das ist bestimmt 'ne Weile her, oder?«

»Drei Monate«, gab der Trapper zu. Er kicherte. »Vielleicht ist sie mit einem der Ranger durchgebrannt, die jetzt dauernd in der Stadt auftauchen! Das sind stattliche Jungs, da kann ich nicht mehr mithalten! Sandra ist mächtig hübsch, müßt ihr wissen.«

»Wie ein Model? Wie 'ne Schauspielerin?«

»Anders«, meinte er schwärmerisch.

»Dann heirate sie doch endlich«, forderte Philip ihn auf. »Schöne Mädchen muß man heiraten, sonst laufen sie weg!«

»Du hast wohl Erfahrung, was?«

»Saublöder Spruch«, murrte Melanie.

Philip kletterte verlegen auf den Schlitten. Er dachte an seine Tante Agnes, die immer so blöde Sprüche draufhatte wie: »Du bist aber ein hübscher Junge geworden! Hast du denn schon eine Freundin? Ich glaube, die Mädchen reißen sich mal um dich!« So was Blödes, als ob er mit den kichernden Gänsen aus seiner Klasse gehen würde! Die schwärmten doch alle für diesen Schauspieler, der jetzt überall zu sehen war. Er kroch zu seiner Schwester unter die Decken und hielt sich fest. Cherry sprang ihm nach und schleckte seinen Anorak ab, aber Moose vertrieb ihn lachend und scheuchte ihn in den Schnee zurück.

Sie fuhren weiter am Fluß entlang. Der Motor brummte regelmäßig, und die Kufen des Schlittens glitten sanft über den harten Untergrund. Es wurde immer klarer. Westlich von ihnen leuchtete es bereits weiß hinter den Wolken, und direkt über ihnen war ein blauer Streifen im Dunst zu sehen. Es war früher Nachmittag.

Eine Stunde später konnten sie bereits die Stadt am Horizont sehen. Keine richtige Stadt, eher eine willkürliche Ansammlung von Fertighäusern, die auf einige Hügel verteilt waren. Über den Dächern hing Rauch. Etwas abseits waren ein größeres Gebäude und ein Sportplatz zu sehen, die High-School, wie Moose den Kindern erklärte. »Der Supermarkt ist auf der anderen Seite«, sagte er. »Bin gespannt, was meine Sandra für Augen macht.«

Obwohl die Stadt schon zum Greifen nahe schien, war sie noch einige Kilometer entfernt. »Aber jetzt haben wir nicht mehr weit!« rief Moose nach hinten. »In zwanzig Minuten sind wir da!«

Cherry bellte laut. Er hetzte an dem Snowmobile vorbei, blieb stehen und rannte aufgeregt im Kreis. Sein Bellen klang nervös.

»He, was hat er denn?« rief der Trapper verwundert. Er hielt an und drehte sich um. »Verdammt! Die Schurken!« fluchte er.

Die gelbe Cessna kam aus dem Dunst über den Bergen.

Sie brauste über die Ebene und ging immer tiefer. Auf der Windschutzscheibe spiegelte sich die Sonne, die zum ersten Mal seit einigen Tagen wieder durch die Wolken drang.

»Die gelbe Cessna!« rief Melanie.

»Jetzt kriegen sie uns!« schrie Philip.

Moose trieb das Snowmobile an. »Haltet euch gut fest!« rief er nach hinten. »Jetzt kommt es auf jede Sekunde an!«

Die Kinder klammerten sich an den Schlitten und blickten wie gebannt auf die kleine Maschine. Obwohl die Sonne immer mehr hervorkam und sie mit ihrem weißen Licht blendete, glaubten sie, die Männer hinter der Windschutzscheibe sehen zu können. Der Bärtige steuerte die Maschine. Bommelmütze saß neben ihm und lud sein automatisches Gewehr durch.

»Moose!« riefen sie. »Moose! Aufpassen!«

Der Trapper hatte einen wilden Zickzackkurs eingeschlagen. Der Schlitten holperte und schlingerte hinter dem Snowmobile her. Vor ihnen lag die ebene Tundra, und sie hatten viel Platz, aber es gab keine Möglichkeit zur Deckung außer ein paar Bodenwellen, und bis zur Stadt waren es noch eine Weile.

»Moose! Moose! Sie greifen an!«

Philip hielt sich verzweifelt am Schlitten fest. Er starrte auf die gelbe Cessna, als gäbe es nichts anderes mehr, und wunderte sich, daß er nicht schrie. Sein Herz klopfte bis zum Hals, und sein Körper zitterte, aber er nahm seine Schwester in den Arm und rief: »Wir schaffen es, Melanie! Wir schaffen es noch!«

Seine Schwester war viel zu aufgeregt, um die Schmerzen in ihrem Arm zu spüren. Ihr Blick hing an der Cessna, die immer tiefer kam, wie ein Flugzeug im Krieg über sie hinwegbrauste, sie fast mit den Schwimmern berührte und wieder steil nach oben stieg. In dem Motorenlärm hörten sie gar nicht, daß Schmitt auf sie schoß. Die Kugeln pfiffen weit neben ihnen in den Schnee.

Moose drehte sich um und atmete erleichtert auf, als er erkannte, daß die Kinder nicht verletzt waren. Er gab Vollgas und fuhr jetzt direkt auf die Stadt zu. Die schwere Maschine holperte durch den tiefen Schnee und ließ zu beiden Seiten weiße Fontänen aufspritzen. Der Schlitten holperte und schlingerte heftig.

»Aufpassen! Sie kommen zurück!« rief Philip.

Die Cessna griff erneut an. Sie schoß röhrend heran und hing jetzt so schräg, daß die Kinder den Schurken am Fenster deutlich sehen konnten. Bommelmütze! Er hielt sein Gewehr im Anschlag und zielte auf sie. Gleich würde er schießen ...

»Deckung!« schrie der Trapper.

Plötzlich ging ein Ruck durch das kleine Flugzeug. Der Motor setzte aus, und Fatso gelang es gerade noch rechtzeitig, die Maschine gegen den Wind zu steuern. »Der Sprit ist alle!« fluchte er laut. »Der verdammte Sprit ist alle! Da hast du den Salat!«

Schmitt blickte entsetzt auf die Armaturen. Er nahm das Gewehr herein und stellte es auf den Boden. Sein Gesicht war blaß geworden. »Verdammt! Jetzt geht es uns wie diesem Don Edward!«

Moose hielt das Snowmobil an, und sie beobachteten aufgeregt, wie die Cessna zur Notlandung ansetzte. Fatso war ein guter Flieger, das mußte man ihm lassen, aber er hatte auch mehr Platz als Don Edward, und der Wind war lange nicht so stark. Der Motor der Cessna sprang an, lief kurz und ging wieder aus.

»Der Sprit ist alle«, erkannte der Trapper.

Die Maschine setzte auf und rutschte durch den Schnee.

Mächtige Schneewellen schlugen über ihr zusammen und drangen durch das offene Fenster in den Innenraum. Fatso wurde zur Seite geschleudert und prallte mit dem Kopf gegen das Fenster. Schmitt hatte sich losgeschnallt, um besser schießen zu können, und flog mit dem ganzen Körper nach vorn. Die Cessna drehte sich ein paarmal um die eigene Achse, kippte nach vorn und blieb stehen.

Die beiden Schurken blieben in ihren Sitzen hängen. Ihre Körper waren mit Schnee besprizt. Sie bluteten aus mehreren Platzwunden, waren aber nicht ernsthaft verletzt. Schmitt war bewußtlos. Fatso torkelte nach ein paar Sekunden aus der Maschine, das automatische Gewehr in der Hand.

Moose sah, daß der Bärtige viel zu benommen war, um zu schießen. Er steuerte das Snowmobile zu dem verunglückten Flugzeug, stellte den Motor ab und nahm sein Gewehr vom Rücken. Seine linke Schulter schmerzte, aber er biß die Zähne zusammen und zielte mit dem Gewehr auf den Mann. »Runter mit der Knarre! Hast du nicht gehört?«

Fatso blieb stehen und starrte den Trapper mit leeren Augen an. Er ließ das Gewehr fallen. »Ich wollte doch gar nicht ...« begann er, dann versagte seine Stimme, und er viel erschöpft auf die Knie. Er begann laut zu schluchzen.

Moose hängte sich das Gewehr über den Rücken und blickte finster auf den Schurken herab. Dann ging er an ihm vorbei und untersuchte den anderen Mann, der reglos über den Armaturen lag. Cherry sprang laut bellend um den Bärtigen herum. »Sie leben noch«, rief der Trapper Melanie und Philip zu, »aber sie haben mächtig eins auf die Mütze bekommen!« Er blickte an der Cessna vorbei. »Da kommt die Polizei«, sagte er.

Ein Polizist und zwei Ranger aus dem nahen Nationalpark kamen auf ihren Snowmobiles herangebraust. Die Ranger hatte einen Schlitten an ihrer Maschine hängen. Cherry rannte ihnen bellend entgegen und wedelte mit dem Schwanz, als er den Polizisten der Siedlung erkannte. Moose brachte dem stämmigen Mann immer einen Elchschinken mit, wenn er nach Bettles kam.

»Hallo, Moose«, sagte McCormick. So hieß der Polizist mit dem pockennarbigen Gesicht. »Lange nicht mehr gesehen! Du hast uns bestimmt diese Mistkerle mitgebracht, nach denen wir schon seit Tagen suchen.« Er schaute sich Bommelmütze und den Bärtigen näher an und nickte zufrieden. »Das sind sie! Die Kollegen in Fairbanks haben eine genaue Beschreibung durchgegeben. Jonathan W. Schmitt und Fatso Miller, zwei gefährliche Verbrecher, vor allem dieser Schmitt! Sogar das FBI war hinter ihnen her!«

McCormick beobachtete, wie die Ranger die beiden Männer notdürftig verarzteten und auf ihre Schlitten banden. »Bringt sie ins Gefängnis!« sagte er. »Meine Leute kümmern sich um sie.«

»Sie wollten unseren Vater umbringen!« sagte Melanie, als die Ranger mit den Gefangenen verschwanden. »Sie haben die Ölleitung unserer Cessna durchschnitten! Wir sind in den Bergen abgestürzt, und Don Edward ist tot! Wenn Moose nicht rechtzeitig gekommen wäre.«

»So etwas Ähnliches haben wir uns schon gedacht«, sagte der Polizist. »Wir suchen schon seit drei Tagen nach euch! Wir dachten, ihr wärt irgendwo in den Bergen umgekommen! Na, euer Vater wird sich freuen! Wir rufen ihn gleich an!« Er räusperte sich. »Und dann müßt ihr mir genau erzählen, was passiert ist!«

Sie fuhren in die Stadt und hielten vor einem weißen Fertighaus, das nur ein paar hundert Meter von der katholischen Kirche entfernt auf einem Hügel stand. Vor der Tür parkten drei Snowmobiles. Eins davon gehörte den Rangern, die Schmitt und Fatso im Gefängnis abgeliefert hatten. »Der Arzt ist bei ihnen«, erklärten sie McCormick. »Es fehlt ihnen aber nichts Ernsthaftes.«

»Hast du Fairbanks angerufen?« fragte der Polizist.

»Der Vater der Kinder ist schon unterwegs.«

»Habt ihr das gehört?« fragte Moose kichernd. »Und das Wetter wird auch besser. Dann kann ja nichts mehr schiefgehen.« Er klopfte seinem Husky auf den Rücken. »So, jetzt muß ich aber los. Sandra weiß bestimmt schon, daß ich hier bin. Die sperrt mir glatt die Schokoladenkekse, wenn ich nicht rechtzeitig zu ihr komme!«

Die Kinder verabschiedeten sich von Moose, und der Trapper versprach, noch einmal vorbeizuschauen, wenn der Vater der Kinder eingetroffen war. »Ich höre ja, wenn die Maschine kommt«, sagte er fröhlich. Er fuhr den schneebedeckten Hügel hinunter und über die Hauptstraße zum Supermarkt. Cherry folgte ihm bellend.

Auf der Wache erfuhren die Kinder, daß das FBI und die Polizei schlauer gewesen waren, als die Schurken gedacht hatten. »Ich hatte vorhin das FBI an der Strippe«, sagte McCormick, nachdem sich die Kinder gesetzt hatten und einer seiner Gehilfen eine Kanne mit heißem Tee gebracht hatte. »Arrogante Schnösel, wissen immer alles besser, aber gute Arbeit leisten sie, das muß man ihnen lassen.« Er holte eine Pfeife aus der Schreibtischschublade und zündete sie umständlich an. »Sie haben die Männer festgenommen, die Schmitt und Fatso zu der Tat angestiftet haben. Aalglatte Typen, die für eine andere Ölfirma arbeiten, da sind sich die Jungs aus Washington ganz sicher.« Er paffte den Rauch über den Schreibtisch. »Natürlich stehen sie nicht auf der Lohnliste. Es soll ja niemand wissen, daß sie für die Firma arbeiten, aber die FBI-Leute haben sie schwer in der Mangel.«

Melanie hielt ihren verletzten Arm fest. »Wollen Sie damit sagen, daß eine Konkurrenzfirma unseren Vater umbringen wollte? Ein Ölkonzern? So etwas machen die doch nicht, niemals!«

»Hast du eine Ahnung, zu was große Firmen alles fähig sind!« meinte der Polizist. »Unten in Kalifornien haben die Betreiber eines Atomkraftwerks mal einen unliebsamen Zeugen aus dem Weg geräumt, der dabeigewesen war, als sie Mist gebaut hatten. Zum Glück wurde ein Brief gefunden, und die Sache kam raus.« Er hustete, als wäre es ihm peinlich, so etwas zugeben zu müssen. »Was ich sagen will, diese großen Tiere bringen noch ganz andere Sachen fertig! Das FBI nimmt an, daß der Konzern euren Vater aus dem Weg haben wollte, um die Konkurrenz zu schwächen. Manche Journalisten behaupteten sogar, daß sie die neue Umweltkatastrophe bewußt herbeigeführt haben.« Er zog nachdenklich an der Pfeife. »Aber sie wollten euren Vater nicht umbringen, das sagen jedenfalls die beiden Strohmänner. Nur einen Denkzettel sollten sie ihm verpassen. Sie wollten, daß er nach Hause flog und Unruhe in die Firma kam, dann hätten sie davon profitiert. So ist das in den hohen Finanzkreisen!«

»Und was sagt der Konzern dazu?« fragte Melanie ungläubig. »Die Firma, die beschuldigt wird. Die streiten doch bestimmt alles ab, oder? Die geben doch nicht zu, daß sie zwei Schurken beauftragt haben, unseren Vater aus dem Weg zu räumen?«

»Natürlich nicht«, bestätigte der Polizist, »aber selbst wenn die beiden Strohmänner oder Schmitt und Fatso irgendwas ausplaudern, kommt wenig dabei raus. So ein Konzern sichert sich nach allen Seiten ab.« Er klopfte die

Pfeife im Aschenbecher aus. »So, und jetzt erzählt mir noch mal genau, was alles passiert ist ...«

Fast eine Stunde lang berichteten die Kinder von ihrem Abenteuer. Die Sekretärin schrieb auf einem Computer mit und legte den Ausdruck vor ihrem Chef auf den Schreibtisch. »Danke, Betty«, sagte er zu der jungen Inuit. Und zu den Kindern: »Jetzt müßt ihr nur noch unterschreiben, dann könnt ihr gehen. Wenn ihr wollt, bringe ich euch zum Flughafen. Euer Vater muß jeden Augenblick landen.« Er blickte aus dem Fenster. »Na, was sag ich, da kommt die Maschine schon. Steigt in meinen Geländewagen, ich bring euch zum Flughafen.«

Der Polizist fuhr sie zu der baufälligen Hütte neben der Landepiste, auf der eine Cessna des National Park Service landete. Sie rollte vor den Kindern aus, und Michael Kern kletterte heraus.

»Papa!« riefen die Kinder voll Freude. Sie hielten ihren Vater fest, als wollten sie ihn nie wieder loslassen, und Melanie machte es auch nichts aus, daß ihr Arm wieder weh tat. Zu lange hatten sie auf diesen Augenblick gewartet. Endlich waren sie wieder zusammen.

»Bin ich froh, euch zu sehen«, sagte ihr Vater. Er drückte seine Kinder an sich und ließ sie erst wieder los, als er den alten Trapper mit der Fellmütze und den Polizisten neben der Baracke entdeckte. »Haben Sie meine Kinder gerettet?« fragte er. In seinen Augen waren Freudentränen.

Moose winkte ab. »Nicht der Rede wert, mir war's sowieso zu langweilig in meiner Hütte, und ich war schon lange überfällig in Bettles!« Er kicherte. »Sie hätten Sandra sehen sollen, das ist meine Verlobte, die hat mir eine Schachtel mit den guten Schokoladenkeksen an den Kopf geworfen. Wenn du jetzt nicht hierbleibst, nehm ich die Dose mit den grünen Bohnen, hat sie gesagt! Was soll ich machen? Ich hab ihr von dem großen Grizzly erzählt, dem ich vor zwei Jahren über den Weg gelaufen bin, ein riesiger Bursche, der zweimal so groß war wie ich, ach, was sage ich, dreimal so groß, und der mich mit Haut und Haar fressen wollte! Ich hab ihr gesagt, ich muß unbedingt noch mal raus und den Burschen erwischen, sonst verfolgt er uns bis runter nach Anchorage, und sie hat gesagt ...« Er kicherte wieder. »Aber das ist 'ne andere Geschichte. Sie wollen nach Fairbanks zurück, hm?«

»Wir müssen«, entschuldigte sich Michael Kern. Er bedankte sich bei dem Trapper und dem Polizisten und wartete geduldig, bis seine Kinder sich ebenfalls verabschiedet hatten.

Sie umarmten Moose und seinen Husky, der besonders heftig mit dem Schwanz wedelte, als Philip ihn hinter den Ohren kraulte. »Das mag er besonders«, sagte der Junge lachend.

»Bis bald!« riefen die Kinder dem Trapper nach.

Sie kletterten hinter ihrem Vater in das Flugzeug und lehnten sich entspannt zurück, als die Cessna an Höhe gewann. Der Pilot lenkte sie nach Süden und flog über die verschneiten Täler.

»Philip hat uns gerettet«, sagte Melanie, als sie über den Bergen waren und die Häuser unter ihnen immer kleiner wurden. »Er hat uns einen Windschutz gebaut und uns verarztet, als wir in der Schlucht verunglückt sind.«

»Ich hab überhaupt keine Angst gehabt!« sagte Philip.

Sie blickten aus dem Fenster, auf die schneebedeckten Berge der Brooks Range, und bewunderten die einsame Schönheit des Landes. Sie sahen schroffe Gipfel und weite Täler und glitzernde Flüsse. Die Sonne hatte sich durch die Wolken gekämpft und spiegelte sich auf dem grünen Wasser der Gletscherseen.

Irgendwo dort unten hatten sie sich durch den Schnee gekämpft. Irgendwo dort unten lag Don Edward. Das wußte auch der Pilot. Er drehte eine Ehrenrunde und wackelte mit den Tragflächen, zum Zeichen, daß sie ihn nie vergessen würden.

Inhalt

Thomas Jeier

Weil er
mein Freund ist

An der Bushaltestelle treffen sie sich das
erste Mal. Mike, der Fußballfan, und
Carola, die Gymnasiastin. Mike sucht
schon lange eine Lehrstelle und kommt mit
dem Leben nicht sehr gut zurecht. Carola
will ihm helfen, auch wenn alle sagen, sie
soll ihn laufenlassen. Sie spürt, daß er ihr
vertraut, und sie hält zu ihm, selbst als er in
großen Schwierigkeiten steckt.

144 Seiten

UEBERREUTER